二股ッ!!
それは明確なルール違反だ!
『わたしはなんてことをぉすすぉおお!!?』

（でも、決めたんだ。
どっちも幸せにするんだって）
間四葉
はざまよつば
ちょっとおバカだけど、
友達思いで一生懸命な女子高生。
ひょんなことから
『聖域』の二人と仲良くなり……
気付けば両方と
付き合うことに。

「二人だけの秘密だね」
「二人だけの内緒、ね？」
右から、ちょっと大人びた
お姉さんっぽい響きの可愛らしい声が。
左から、少し照れた内気な
女の子っぽい雰囲気の凛とした声が。
熱くて、甘くて、危険な想いが
込められた言葉が。

合羽凛花《あいばりんか》
幼なじみの由那と揃って
永長高校の『聖域』と呼ばれる、
学園の王子様的存在。
スポーツ万能で、
見た目のクールな印象とは
裏腹に可愛いものが好き。
の思考を溶かそうと容赦なく
襲いかかってくる。
「すごく可愛いよ、
四葉さん」
3F
「……ふふっ、
四葉ちゃんの驚いた
顔が見たくって」
百瀬由那《ももせゆな》
凛花と二人で『聖域』と呼ばれ、
いつも一緒にいる
お姫様みたいな女の子。
成績は学年トップの秀才で、
時々四葉に
勉強を教えることも。

百合の間に挟まれたわたしが、勢いで二股してしまった話

としぞう

OVERLAP

CONTENTS

toshizou presents
Art by Kuro Shina

YURI*TAMA

プロローグ「わたしの友達」

YURI＊TAMA

——本当の恋愛ってなんだろう？


そう表示されたスマホの画面を眺めながら、わたしはぼけーっとソファに寝転がっていた。

今見ているのは、今年の四月から始まったドラマの公式サイト。

すでに五月に突入し、ゴールデンウィークも明けた今となってはもう中盤に差しかかっているだろうけれど、あいにくわたしはまだ一話も観《み》れてなかった。

高校生同士の甘酸っぱい恋愛をテーマにしているらしいこの作品を、今更わざわざ調べているのは、たまたま「この作品が今期一番面白い」と熱弁するネット記事を見つけたからだ。

「すごくリアルでドキドキする」「まるで若い頃に戻ったみたい」……そんなレビューを見て、「本当の恋愛ってなんだろう？」というこのドラマのキャッチコピーを見て、わたしはついつい思ってしまう。

（リアル、とは……？）

間四葉《はざまよつば》、十六歳。

今まさに、リアルに高校生活を体験している花の現役高校二年生……なのだけど、

「本当の恋愛どころか、本当じゃない恋愛だって無縁なんだよなぁ……」

と、ついつい本気で呟《つぶや》いてしまうくらいに、平凡な日々を過ごしている。

いや、でも、恋愛ドラマの世界がリアルだって評価されてるってことは、わたしの高校生活は平凡とは言えないのかもしれない。

高校生になって一年と少し、わたしはまるで恋愛に無縁だ。男子の友達だって一人もいない。朝出くわして挨拶するような関わりさえ無い。

この「リアルな恋愛ドラマ」の主人公も同じ高校二年生だというのに、あらすじによれば、彼女は三人のイケメンから想《おも》いを寄せられているそうで、しかもその内一人は高校一年の時付き合っていた元カレらしくて……なんかもう、全然共感できそうにない！

「まぁ、わたしなんかと付き合いたいって思う男子はいないだろうけどさ」

自虐と共に溜息《ためいき》が出てくる。

高校だけじゃなく、中学、小学校……今まで男子相手にほんのちょびっとでもそういう甘酸っぱそうな雰囲気になったことは無い。たったの一度も。

顔は、そんなに悪くないと思う。

わたしには二人の妹がいるけれど、二人ともすっごく可愛《かわい》いし。

身内贔屓《びいき》が入ってるかもしれないけど、でも実際、男子に言い寄られたり、告白されたりしてるらしいし。

そんな妹達《たち》と同じＤＮＡを持つわたしも、外見的なハンデは背負っていないはず……！

と、思いたい。

じゃあ何が足を引っ張ってるのか……顔じゃなければ、性格？

性格……性格かぁ……。

自分では悪い性格をしているつもりはないけれど、でも、トラブったことが今までないわけじゃないし……。

……なんだか、考えていけばいくほど、自分の性格に大きな欠点があるんじゃないかって気がしてきて、わたしはついチャットアプリを開いていた。

そして、友達とのチャットグループを開き――

『わたしって可愛げないのかな』

と送信し――って！　な、何やってんだわたし!?

いくら気になったからって、わざわざ友達に聞くなんて……！

しかも字面にすると、なんだか意味深というか、かまってちゃんっぽいというか――

「と、とにかく取り消し――はもう送っちゃってるからできないし、ええと、そうだ！

冗談って誤魔化せば…………あぁっ!?」

ほんの数秒うろたえている内に、既読マークが二つついてしまって、そして――

『どうしたの?』

『何かあった?』

誤魔化すより先に心配されてしまう。

これは、今から変に誤魔化そうとしたら、余計に心配をかけるパターンだ!

ならば……ここはいっそ思い切って……!

『いやぁ、どうしてわたしってモテないのかなって思って』

って、思い切りすぎでは、わたし!?

『モテない……?』

『そんなことないんじゃない?』

ほら! 二人だって明らかに戸惑って気遣ってるし!!

事実、疑問符をつけるまでもなく、そんなことありありのありなわたしにも、優しくフォローしてくれるのだから、わたしにはもったいない友達だ。

でも、二人とわたしには決定的な違いがある。

わたしは自分がモテないことに納得というか、当然という気持ちがかなりあるけれど、画面越しの二人に対しては違う。

わたしが出した話題のせいで非モテグループのテンプレトークみたいになってしまっているけれど、彼女らは本来、わたしなんかとは住む世界の違う女の子達なのだ。

百合《ゆり》という言葉を知っているだろうか。

本来は花の名前なんだけれど、高校に入ってから別の意味があることを知った。

女の子同士の恋愛。花のように美しく、尊い関係をそう呼ぶらしい。

わたしの友達二人は、周囲からそういう関係――つまりは百合だと思われている。

生まれたときから家族同士が仲のいい幼なじみ同士で。

深い絆《きずな》で結ばれていて、いつだって息ぴったりな親友同士で。

そしてなにより、二人ともとんでもない美少女だし、それぞれが目を見張る才能を持っている。

お姫様みたいにふわふわとした、つい守ってあげたくなる可愛らしい容姿の持ち主で、かつ学年トップの成績を収め続けている秀才でもある――百瀬由那《ももせゆな》。

王子様みたいに凛々《りり》しくカッコいい顔立ちをしていて、モデルみたいにスタイル抜群で、さらにスポーツ万能な――合羽凜花《あいばりんか》。

一人だけでも目立つのに、そんな二人が仲睦《むつ》まじく、いつも一緒にいる——そんな、あまりに尊すぎる百合を、同じ学校に通う他の生徒達は、『聖域』なんて呼んでいる。

誰も侵すことのできない、踏み込むことの許されない、神聖な空間なのである。

でもまさか、そんな貴族、いや王族、いやいや天上に住まう女神の如《ごと》き二人が——

『あたしは四葉ちゃんの良いとこ、いっぱい知ってるわよ！』

『私だって、いくらだって言えるよ』

まさか今、平民であるわたしの話題で盛り上がってるなんて信じられるだろうか⁉

なんて、夢としか思えない現状を改めて疑っているうちにも、チャットグループ上では、『わたしの良いところ』がもりもり展開されている。

なんか、自分のことだと思うと読んでいくのも気恥ずかしいんですが……。

「……あれ？　『赤点取るところ』、『ドッジボールで顔面キャッチしちゃうところ』

……って⁉」

『これ、良いところ⁉』

『えー、チャームポイントだよ』

『四葉さんからしたら、笑えないかもだけど』

わたしの抗議に、二人から笑い声が聞こえてきそうな、息ぴったりな返信が続く。

そして、ぽぽんっと軽快な音を立ててそれぞれから愉快げなスタンプが——

「やっぱりからかわれてる！」

どういうわけか、わたしと彼女達は友達だ。高校に入ってからだから、まだ友達歴たったの一年だけれど。

親友同士、幼なじみ同士、誰もが尊み温かく見守る百合——『聖域』である二人と、わたしが友達なんて、ドラマでも見ないような不思議な状況を前に、何度もほっぺたを抓《つね》ったけれど、一向に夢からは目覚める気配は無い。

だからこれはちゃんとした現実で、それを何度も確かめて、ほっとして……

（もしかしたら、わたしと付き合ってくれてるのは一時のブームみたいなものなのかもだけど）

つい、自虐してしまう。

だって、二人は本当にすごい存在で、対するわたしは……全然普通以下で……。

周りの人から見たら、百合の間に挟まっている邪魔者でしかないし。

——きっといつか、わたしと『聖域』の二人は友達じゃなくなる。

それは悲観というにも、あまりに情けなくて……わたしはぶんぶん首を振って無理やり振り払う。

そして、今は確かに二人と友達である現実に向き直って、とにかく、今まさにグループチャット上で展開されているわたしイジりを止めるため、必死に頭を回すこととなった。

……けれど。

結論から言えば、この時の予感は当たっていた。

わたしと、百瀬さん、合羽さんは、本当に友達じゃなくなることになる。

それもいつかなんて目に見えないくらい遠くの未来の話じゃなく、梅雨が明け、真夏の猛暑がやってくる、その前に。

わたしが想像していたのとはまったく違う形で。

第一話「聖域と呼ばれる理想的百合」 YURI*TAMA

放課後、たくさんの生徒が体育館に詰めかけていた。

でも、サプライズで有名アーティストがゲリラライブを行っているとか、はたまた、超激安・超高品質なアイテムの数々が出品されるフリーマーケットが開催されているとか、そういう分かりやすいビッグイベントがあるわけじゃない。

今日、ここで行われているのは、女子バスケ部の部内紅白戦だ。わたしも詳しく知っているわけじゃないけれど、特に強豪というわけでもないらしい。

正直今までスポーツにはろくに触れてこなかったわたしには、紅白戦なんてものもどれくらいすごいものなのか判断できないところはあるけれど……でも、コートの外、二階の踊り場まで満員になるくらいに盛り上がるというのは、多分普通じゃないと思う。

（でも……文句なしにそれだけの存在なんだよなぁ……）

わたしは踊り場の手すりに寄りかかりながら、コート内を駆ける一人の選手を見つめつつ、感服せずにはいられない。

黒くしなやかなポニーテールを揺らし、誰よりも速く、誰よりも鋭く、そして誰よりも美しく……まるで舞を踊っているかのように、みんなの目を惹《ひ》き付けている。

合羽凜花さん――ここに来たギャラリーの殆《ほとん》どが目当てにしているのは彼女だ。

女子にしては高めの身長、凜々しい顔立ち――全身から放たれる爽やかなオーラは、スポーツをやっている時こそ余計に際立っている。

女性らしい、同性のわたしも憧れずにはいられない、凹凸のはっきりとした体つきは、体操着越しにも十分えっち……って、友達相手にそういうことを考えるのは不謹慎だと思いますけど、わたし!?

……というか、たぶん、そんないやらしいことを考えているのはきっとこの体育館にはわたしくらいなものだと思う。

桁外れの美人で、女性的なしなやかな体つきをしていて――それでもそれらの印象を塗り潰してしまうくらいに、彼女は『王子様』なのだ。

ギャラリーにとって……そして――

「きゃーっ!　凜花っ!　シュート、シュートっ!!」

わたしの隣で、合羽さんに声援を送る『お姫様』――百瀬由那ちゃんにとって。

聖域という呼び名を初めて聞いたとき、なんだかすごく大げさだなぁなんて思った。

辞書で引いてみると「誰も侵してはいけない神聖な場所」という意味らしい。

人につけるあだ名として正しいんだろうか、と不思議に思ったりもしたけれど、でも、実際に二人を見ていると、なんだか的を射ていると納得してしまう。

「わぁ、ナイスシュートっ！って、四葉《よつば》ちゃん？　ぼけーっとしてどうしたの？」

「ふぇ？」

つんつん、とほっぺたを突《つつ》かれて我に返るわたし。

どうやら考え事でぼーっとしちゃっていたみたいだ。

「ちゃんと凜花の応援してあげなきゃ。今だってすごかったんだよ？　相手がパスで回してるボールをさっと奪って、するするってドリブルで突破して、そのままレイアップシュート決めちゃったの！」

「えっ、完全に見逃してた……!?」

わたしは合羽さんの友達だけれど、でも、だからって彼女のカッコイイ姿を目に焼き付けたいという願望はある。

今日だって、合羽さんが久々に助《すけ》っ人《と》で紅白戦に出るからってずっと楽しみにしてたのだ！

「次ぼーっとしてたら、凜花にチクっちゃうよ？」

「ご、ごめん、百瀬さん」

「でも、凜花ならもう気が付いてるかも?」

「えっ」

バスケをしながら、そんな見えるだろうか?

……と、一瞬思ったわたしだけれど、合羽さんなら気付いていてもおかしくないかもしれない。

合羽さんはスポーツ万能という言葉を使うのさえ生ぬるいと思えるほどの、天才アスリートなのだ。

運動部に所属していないのがもったいないと思えるくらい、どんなスポーツでも完璧にこなしてみせる。

陸上も、水泳も、創作ダンスも、テニスとか、ドッジボールとか、なんでもかんでも。

当然バスケだってそう。日々バスケに情熱を燃やすバスケ部員の誰よりも、合羽さんは上手《うま》い。素人目にもはっきりわかるくらいずば抜けて上手い。

「でも面白いわよね。公式試合には出ない、手伝うにしても練習試合だけって明言してるのに、それでもオファーが絶えないんだから」

手すりによっかかりながら、百瀬さんが溜息《ためいき》を吐《つ》く。不機嫌とかじゃなく、呆《あき》れている感じだ。

「合羽さんくらい上手い人相手なら、練習でも良い刺激になるとかじゃない?」

「んー、どうだろ？　だってさ、部活の人達《たち》は毎日……かは分からないけど、練習してるわけでしょ？　それが、ろくに練習してない帰宅部に圧倒されるって、逆にやる気なくなるんじゃない？」

百瀬《ももせ》さんの言うことは実にもっともだと思う。まあ、わたしには体育会系の人達の考えてることなんて殆ど分かってないんだけど。

でも、多分一番の目的は別にある。そしてそれは百瀬さんには言いづらいものというか

――


「合羽《あいば》さんっ！」

合羽さんのチームメイトの声に、意識をコートへ戻す。

ちょうど、合羽さんにボールがパスされた瞬間だった。

「……！」

合羽さんはそのパスを難なく受け取る。

でも、変だ。だって彼女のマークは三人もいたのに！

合羽さんにボールが渡ればゴールを決められる可能性は高いんだから、それほどの警戒も決して過剰じゃない……と、わたしも素人ながら思う。

けれど、合羽さんはそんなマークは意にも介さず、あっさり剝がしてフリーになってしまう。

それこそ、味方がボールを拾い、パスターゲットを探す、そんなタイミングぴったりに。

「すご……」

何度見たって圧倒される神業に、わたしはただただそう呟《つぶや》くしかない。

実際にどれだけのスキルがあれば実現できるのかさえ分からないけれど。わたしじゃ無理。絶対、一生無理。

そして、そんなわたしの隣では、

「凜花《りんか》ーっ！」

ぴょんぴょん跳ねながら、百瀬さんが合羽さんの名前を叫ぶ。その綺麗《きれい》な高い声は、合羽さんに向けられるどんな歓声よりも、どんな悲鳴よりも体育館に響き渡った、気がする。

事実、百瀬さんが何か叫ぶたびに、リアクションするたびに、一定の視線が彼女に集まっているのだ。

でも、それは決して悪目立ちしているというわけじゃない。

この体育館に集まったギャラリーの目的は、もちろん合羽さんのスーパープレイが観《み》たいというのもあれば、きっと女子バスケ部を応援したいというのもあるだろう。

でも、その他に、合羽さんを応援する百瀬さんを見たい、というものもあるのだ。

コートの中で大活躍する合羽さん。そして、そんな合羽さんを健気《けなげ》に応援する百瀬さん。

二人合わせて『聖域』なのだ。

一人一人も目を見張る、才能に満ち溢《あふ》れた美少女達が、二人一緒になって仲睦《むつ》まじい幼なじみ、最高に尊い百合《ゆり》になる。

かけ算方式に魅力を爆発させるのである！

それこそ、ただの観客が主役にまで上ってしまうまでに！

例えるなら、スポーツ中継でメインカメラは合羽さんを追いながらも、観客席の百瀬さんもワイプで抜いてるみたいなもので……そう考えると百瀬さんも化け物だ。

わたし、凄《すご》い二人と友達なんだなぁ……と再認識せずにはいられない。

――パシュッ！

なんて考えてる内にまたもや合羽さんがシュートを決める。

ゴールから少し離れた場所にピタッと止まり、その場でフリースローみたいにシュートを放つ――その一挙手一投足が芸術的なスリーポイントシュートだ。

「「「わああああああっ!!」」」

まるで決勝点を決めたみたいな歓声が巻き起こる。

それが毎ゴール、毎ゴール……まるでお祭りみたいに、誰もが紅白戦というお祭りの熱に酔っていた。

当然、わたしも。

「すごい！　かっこいい!!」

小学生の頃とまったく変わらないレベルの感想を口にしつつ、ぱちぱち手を叩《たた》く。

「すごいでしょ、凛花はっ！」

そして、隣では百瀬さんがどやっと胸を張る。かわいい。

「百瀬さんもすごいよ」

「え、あたし？」

「うん、すごい！」

「そ、そお？　えへへ……」

うぐっ⁉

照れくさそうにはにかみつつ、照れ隠しに髪をいじいじする百瀬さんの、これでもかというカワイイに、つい胸を押さえる。なんとか心停止は免れたか……⁉

友達相手に、しかも女の子相手にこんなにドキドキするなんて変かもしれないけれど、でも身体《からだ》が反応してしまうのだからしょうがない。

でも、もしもそれが百瀬さんに知られたら、気味悪がられてしまうかもしれなくて、わたしは慌てて顔を逸《そ》らす。

（あ……）

けれど、逃げた先、コート上には合羽さんがいて、しかもたまたま彼女もこちらを見ていて、目があって……なんか、運命的とか、思っちゃったりして……

そんなわたしの思考を読んだわけではないと思うけど、合羽さんはわたしを見て、爽やかに、百点満点中百点、いや二百点超えのプリンススマイルを向けてきた。

「はぐっ！」

キューピッド的ななにかに胸を貫かれるわたし。

お、落ち着け！　相手は友達で、女の子だからね!?

「聖域には需要ありまくりでも、わたしにはそんなもの一切ないから……勘違いするな……するな……！」

ぼそぼそと、自分にしか聞こえない声量で言い聞かせる。

百瀬さんと、合羽さんと、友達でいられること自体、わたしなんかにはもったいないのだ。

間違ってもそれ以上なんて期待しちゃいけない。期待しちゃ……

「四葉ちゃん」

「ふぁえっ!?」

自分でもびっくりするくらい素っ頓狂な声を上げてしまうわたし。

でも、わたしは悪くない！　だっていきなり百瀬さんがわたしが手すりに添えてた手に自分のそれを重ねてきたから……!!

「またぼおっとしたでしょ」

「し、してま……すん……」

「してないってハッキリ言わないってことは、ぼーっとしてたってことね！」

「鋭いっ!?」

「ふふんっ」

百瀬さんのどや顔&笑顔という追撃に、わたしのハートが悲鳴を上げる。

だめだ……にやけるな……！

「……なに、その変顔？」

「ぬ、ぬんどもぬい」

顔に思い切り力を込めて、無理やり表情を殺すことに成功したわたし。

ちょっと引かれてしまったけれど、友達相手に突然欲情しかけたなんて思われるよりはマシだと信じることで、今日も何とか生きていくのであった。完。

「あ、ほらっ、四葉ちゃんも応援しよっ！」

「う、うんっ」

それでも、ぎゅっとわたしの右手を握ったまま、百瀬さんがそう促してくれ、わたしはなんとか一命を取り留めた。

危なかった。ここではっきり拒絶されていたら人生の節目節目に今日を思い出し、そのたびに自分の情けなさに身悶《みもだ》えしただろう。

というわけで、わたしはそんな優しさに飛びつきつつ、改めて今日の主目的である応援に乗り出す。

でも……ハイテンションな熱狂に包まれたこの体育館内で、果たしてわたしの声援は合羽さんの耳へと届くだろうか。

誰もが全力で、それぞれの熱を声援に変え、飛ばしている。そんな状況にわたしなんかがどうこうしたって――

「ほら、凜花も待ってるよ！　四葉《よつば》ちゃんの応援！」

つい弱気になるわたしの心情を察してか、百瀬さんが声をかけてくれる。それはまるでわたしへの応援で、わたしなんかにはもったいないかもだけど……不思議と勇気が湧いてくる。

……そうだ。わたしだって合羽さんの友達なんだから。

今コートで頑張ってる合羽さんを力一杯応援することに、それ以外の特別な理由なんかいらない！

改めて決意を込めて百瀬さんに頷《うなず》き返すと、百瀬さんは笑みを浮かべつつ、口パクで「せーの」と合図を送ってくれる。それに合わせてわたし達は――

「「頑張れーっ！」」

二人一緒に、思いっきり叫んだ。

わたしの応援は百瀬さんのとは違って、体育館を満たす熱気と歓声に阻まれすぐにかき消されてしまう……それはわたし自身が一番分かってるけれど……でも、慣れない大声にびっくりした喉のひりひりとした痛みが、妙な清々《すがすが》しさを感じさせてくれる。

そしてコートの中では——まるで、わたしの応援に応えるみたいに、合羽さんがこちらを見て微笑《ほほえ》んでくれた、気がした。

——ありがとう。

合羽さんの口がかすかに、でも確かにそう動いた気がした。

そして、彼女は前へと目を戻し、素早く、緩急をつけたフェイントで自身を囲む敵チームのマークを外してしまう。

すぐさま、絶対に通さないと、全員で合羽さんの進路を塞ぐ壁となる相手チームを前に、難なくパスを受け取った合羽さんは、真剣な表情を浮かべたままスタートを切った。

バスケットボールはボールを手に持ったまま走っちゃいけないスポーツだ。ドリブルで、ボールを地面につきながら動くのは、わたしが素人だからというのもあるけれど、すっごく難しいと思う。

でも、合羽さんは、まるで自分の手足の一部みたいに軽々とボールを操っている。

まるでボール自身が意思を持ってるみたいに、行く手を阻む相手チームの手をすり抜け、従順に合羽さんの手に戻っていく。

そして合羽《あいば》さん自身フェイントを駆使し、時にはくるっと回転までして見せつつ、軽やかに躱《かわ》し、進む。

なんだか、ボールとダンスを踊ってるみたいだ。

合羽さんが王子様で、バスケットボールをエスコートしていて……いや、その見立てはさすがに無理があるかもだけど。

でもそんなに華麗で軽やかでも、確実に、淀《よど》みなく前に進む。

合羽さんは誰も寄せ付けず、一瞬たりとも止まることなく、スリーポイントラインの前で垂直に跳ぶ。

先ほどと同じ、スリーポイントシュート――のはずなんだけど、本当に同じなのか疑ってしまうほど、このプレーは流麗……というのだろうか、さっきよりもカッコよく、観ているわたし達《たち》にも気迫みたいなものを感じさせて……

いつの間にか喧噪《けんそう》に包まれたカオスな体育館を静寂に塗り替えていた。

空中で合羽さんがシュートを放つ。

ボールが宙を舞い――パスッと、小気味いい音が耳をくすぐった。

――ワアアアアアァッ！

直後、大歓声が体育館を満たした。

このゴールと同時に試合終了のホイッスルが鳴り、結果は合羽さんのチームがダブルスコアでの圧勝だった。

そんな圧倒的な内容にもかかわらず、みんながこれだけの熱に包まれているのは、それだけ合羽さんのプレーに魅了されたからだと思う。

そしてそれはきっとわたし達ギャラリーだけじゃなくて、一緒にコートでプレイしていたバスケ部の人達も同じだ。

敵チームだった人にも、味方チームだった人にも悲壮感はない。

夏が目前に迫る今、強いプレイヤーと試合して刺激を得る目的も確かにあるだろうけど、それ以上に合羽さんと、それに百瀬《ももせ》さんを呼ぶことで、たくさんのギャラリーを集めるのが女子バスケ部のもくろみだったんだと思う。

この試合を見て、女子バスケ部を応援しようと思う人がいるかもしれない。公式試合を観《み》に行こうと思う人がいるかもしれない。

そんな大きなことを期待されて、十分にそれを果たしてみせる――そんな最高にカッコいい友達の姿を、わたしはただただ眩《まぶ》しい気持ちで眺めていた。

◇◇◇

「ふぁー……」

体育館から出ると、なんだか身体が軽くなった気がして、思わず間抜けな溜息《ためいき》を吐《つ》いてしまう。

実際、体育館を満たしていた熱気は凄《すさ》まじかった。夏がじわじわと迫り、もうすでにそこそこ暑くなっているはずなのに、少し涼しく感じるくらいだ。

「ふぅ、あたしも汗掻《か》いちゃった」

「百瀬さんは勝った後もすごく興奮してたもんね？」

「とーぜんっ！　勝利は正義だからっ！」

百瀬さんは歯を見せるくらい満面の笑みを浮かべる。

ちょっと好戦的というか、血気盛んというかな発言とのギャップが面白くて、わたしもつい笑ってしまった。

「ねぇねぇ、四葉ちゃん」

「なに？」

「暑いしさ、このまま二人だけで先に帰っちゃうってのはどお？」

「えっ!?」

突然提案された悪戯《いたずら》に、わたしはつい固まってしまう。

ただの冗談、と思いつつも、合羽さんを差し置いて百瀬さんを独占するなんて、そんなことしたら——

周りを見るとまだたくさんの生徒が体育館の外で待っていた。

スマホをいじりながら、友達と談笑しながら、今日一番と言っても過言ではない、これから起きるビッグイベントに備えているのだ。

即《すなわ》ち、試合を終えた合羽さんを百瀬さんが出迎える、というイベントに。

今わたし達は合羽さんが汗を流し、帰り支度をするのを待っているところだ。

戦いを経てお姫様の傍《そば》に帰還を果たした王子様に、お姫様はどんな労《ねぎら》いの言葉を伝えるのか……みんなが気にし、期待している。

でも、もしもわたしがこの百瀬さんの誘いに乗ってしまったら、そのビッグイベント自体なくなってしまうことになる。

当然選べない……でも、すぐに拒否してしまうのもそれはそれでわたしには勇気が必要で――

「四葉さんっ！」

「……え？」

不意に名前を呼ばれ、振り返る。

でも、この学校にわたしのことをわざわざ下の名前で呼ぶ人なんて、百瀬さん以外には一人しかいなくて――

「わぎゃっ!?」

振り返るやいなや、ぎゅっと勢いよく抱きしめられ、思わず悲鳴を上げてしまう。

がっしりと包み込んでくる力強い腕、対照的に本当にこの世のものなのか疑いたくなる胸の柔らかい感触、そしてデオドラントスプレーの甘い香り。

「あ、合羽さん……!?」

「おまたせっ！」

抱きしめてきたのは合羽さんだった。

さっきまでの体操着からすでに制服に着替えていて、でも急いできたのかところどころ乱れていて、でも美人なのは変わらなくて——

「お、おまたせっていうか……その……?」

「り・ん・かぁ?」

ぎゅうっと抱きしめてきたままの合羽さんを諫《いさ》めるように、百瀬さんが声をかける。

そう、彼女を出迎えるのはわたしじゃなくて、百瀬さんの役目で……

(う……!?)

なんだか周りから視線を感じる……気がする。

いや、今までの人生じゃろくに注目なんて浴びてこなかったし、ただの気のせいかもだけど、でも、聖域の尊い絡みを期待してたファンの人達からしたら、私の存在は完全なお邪魔虫だ。

知らないうちに嫌われてしまっていても、全然おかしくない……！

「待ってたの、あたしもなんだけど？」

「あっ、そうだね。由那《ゆな》もハグしてあげなきゃね」

「いや、別にいいから……んぐっ」

わたしから離れ、今度はちゃんと百瀬さんを抱きしめる合羽さん。

こ、これで元通り！　あるべき姿に戻ったと言える……はずなんだけど。

でも、まとわりつく嫌な視線と、背中にじんわりかいた汗は全然引いてくれる感じがしなかった。

◇◇◇

「もー、凛花《りんか》のせいで髪の毛ぐちゃぐちゃなんだけど」

「あはは、ごめんごめん」

学校からの帰り道、わたしは仲良く会話する二人の一歩後ろを歩いていた。

「抱きしめるのはいいとして、頭撫《な》でるのはどうなのよ。なんか子ども扱いだし、乱暴だし」

「そう？　別に普通だと思うけどな」

「まったく、凜花は貴重な放課後を消費してまで応援してあげる幼なじみに対する敬意ってものが足りないのよ」

百瀬さんがぷりぷりしていて、合羽さんがしれっと受け流して——遠慮は無いけど険悪さも無くて、なんだか楽しそうに見える。

「じゃあ、お詫《わ》びにアイスでもおごろうか」

「アイスっ!?」

合羽さんが指したのは、ちょうど通りがかった公園に来ていたキッチンカーだった。

前に置かれた看板にはソフトクリームの絵が描いてあって、確かに今のじんわりした暑さにはちょうど良さそうな感じがする。

「べ、べつにアイスなんかに釣られる安い女じゃないんだから」

「そう？　でも私は食べたいし……少し待ってて」

「ちょっ……あ、あたしもいるからっ！」

そう、二人は駆け足でキッチンカーに向かっていった。

そんな二人を見送り、わたしは小さく溜息を吐いた。

（やっぱり、緊張しちゃうな）

友達になって一年経《た》つけれど、まだたまに気後れしてしまう。

二人とも可愛《かわい》いだけじゃなく、その……華がある。いつでもスポットライトを浴びてる、みたいな。

　聖域なんて呼び名がつくのも納得だし、きっと出会い方が違ったら、わたしも聖域としての二人をファンの一人として好きになって、なにも悩むことなく尊みを摂取し続けていただろう。

　でも、現実はそうならなかった――奇跡的に。

　大げさかもしれないけれど、でも、ほんの少しでもわたしが、あの日に至るまでの道を間違えていたら、きっと二人と友達にはなれなかったにちがいない。

　そう、あれはまだ桜《さくら》が開花したばかりの頃――わたしが高校生になった、入学式の朝のことだった。

◇◇◇

　その日、わたしは少しばかり浮き足立っていた。

　まさか、本当に永長《えいちょう》高校に通うことになるなんて、この入学式当日になるまでどこか半信半疑だったからだ。

　永長高校は全国的に有名な進学校だ。当然、受験の倍率だって高い。

おせじにもわたしは勉強が得意じゃなくて、当然、進学校を受験するなんて発想さえ持ったことがなかった。

でも、志望校を選び、願書を提出するさいに色々ボタンの掛け違いがあったというか、なんというか……結果から言えば、わたしは間違ってこの高校を受験したのだ。

それに気が付いたときにはすでに手遅れで、引っ込めても辞退という形にしかならなくて、もうやけくそだと、当たる前から砕けた心地で試験を受けて…………なぜか、受かっていた。

びっくりだ。わたしの人生始まって以来、一番のびっくりだった！

当然家族も驚いた。母はわたしが変な病気にかかったと勘違いしてお医者さんに連れて行き、父はなぜか禁酒するようになった。

上の妹はなぜか怒ってちょっとの間口きいてくれなくなっちゃったり、下の妹は「お姉ちゃん、騙《だま》されてるんじゃない……？」と冷静に疑ってきた。

……なんか、ちょっと悲しくなってきたけれど、まぁそれほどまでにわたしと進学校は、いや『合格』という言葉は縁遠いものだったのだ。

でも、本当に合格通知や入学に必要な書類は送られてきたし、わざわざ高校に電話してまで真偽を確かめた当時の担任の先生は腰を抜かして救急車に運ばれていったし、長い夢から目を覚ますことなく今日を迎えられた。

そりゃあ、バカなくせに進学校に通うことには不安もあるけれど、でもわくわくのほうが勝っていた。

だって、高校生になったのだ！　それだけでちょっとばかし大人になれた感じがするし、制服だって可愛い上に、二種類もある。そしてなにより、もしかしたら素敵な出会いが待ってるかもしれないしって。

だから、この日のわたしはポジティブ気味だった。

「あの、ハンカチ落としましたよ？」

学校に向かう道を歩きながら、ぽとん、と前を歩く子が落としたハンカチを拾って、声をかけるくらいには。

いや、まぁ落とし物を拾うのにポジティブもなにも関係無いと思うけど、でも、普段だったら声をかける前に相手がどんな人か確かめたと思う。

そして、確かめていたら――きっと、声なんてかけられなかったに違いない。

「え……？」

「ん？」

前を歩いていた二人が振り向く。

そして、そのとき初めてちゃんと彼女らを見て――わたしは呼吸を忘れた。

そこにいたのは、とんでもない美少女達《たち》だった。

これまで出会った中で、文句なく一番の……しかも、同時に二人も。

（進学校、すごい……）

まさに別世界の住人って感じだ。

片方は、煌《きら》びやかなステージの真ん中で歌って踊っていそうなキラキラオーラを放つ女の子。

ふわふわした明るい髪は絶対触り心地が良いだろうし、同い年の新入生にしても小柄で、なんというか守ってあげたくなる衝動に駆られる。守るって何から？　たぶん、わたしみたいな人から。

そしてもう片方は、ファッションイベントで大トリを飾っていそうなスラッとしたカッコイイ女の子。

思わず二度見しちゃうくらい大きな胸と、スラッとしたおみ足が見えるスカート姿でなかったら男の子と勘違いしたかもしれない。こっちはつい守ってほしいという欲求に――それこそ何からって話だけど。クマとか……？

とにかく、そんな二人だ。可愛いとか、美しいとか、色々な要素をごちゃまぜにした『女の子の魅力版総合格闘技戦』で常にチャンピオンベルトを取り合ってるような女の子が二人……わたしの目の前にいる。

そんな状況に、わたしは――一周回ってしまった。

目の前の二人があまりにわたしとかけ離れすぎて、なんかもう緊張とか気後れとか、そういう頭の中のブレーキが外れてしまったのだ。

つまり、今のわたしは無敵！　たとえとんでも美人だろうと目じゃない。仮にお腹《なか》をすかせたライオンを前にしたって平静を保っていられる――

「えっと、どうしたの？」

「あ、う、ぇあ……」

……無理だった。普通にどもってしまって、顔が熱い。

で、でも！　逃げ出さなかった！

普段のわたしならハンカチを持ったまま逃げ出してしまってたと思う。そしたら後になってどう返せばいいか、何日も、何ヶ月も悩んでいたかもしれない……それに比べれば全然オッケー！

「大丈夫。できる。できる……！」

「ええと……口に出てるよ？」

「あ、あの、その！」

逃げるなら、ハンカチを返してから！

わたしはそう自分を奮い立たせ、心配そうに顔を覗《のぞ》き込んできたイケメン美女さんにハンカチを突きつけた!!

「これ、落としました！　あなたのですよね!?」

バッチリ目が合って心臓が止まりそうだったけど、大丈夫、まだ動いてる。

「……え？」

イケメン美女さんが目をぱちくりと瞬かせた。

どうして彼女がそんな反応するのか一瞬分からなかったけれど……でも、おかしいことじゃないかもしれない。

なぜなら、わたしが拾ったハンカチは、ピンク色で、レース状の飾りが施されていて——なんというか、すごく女の子っぽくて。

ぱっと見のキャラで選べば、彼女よりも隣のアイドル美少女さんの方が合っている感じがする。

わたしはハンカチが落ちる瞬間を見たわけじゃないし、どっちが本当の持ち主か分からない。でも——

「あなたの、ですよね？」

それでももう一度、イケメン美女さんにハンカチを差し出した。

「間違えてたら、すみません。でも、なんとなく、あなたのものな気がして」

確証はなにもない。しいて言うなら、ちらっとわたしがハンカチを持っているのを見て、一瞬寂しそうな目をしたから。

もしかしたら、わたしがさっき抱いた印象みたいに、こういう可愛いものはイケメン美女さんよりもアイドル美少女さんのほうが似合うって、そういう風に思われることが多かったのかもしれない。

でも、カッコイイ女の子が可愛いハンカチを持ってちゃいけない決まりなんか無い。

そんな決まりがあるなら、可愛くもカッコよくもないわたしは全裸で過ごさなきゃいけなくなってしまう。

だから、このハンカチは彼女のものでいい。

わたしは胸を張ってそう言える。もし間違えてたら、恥ずかしいくらい自信満々に。

「…………」

イケメン美女さんは少しの間固まっていた。

そしてその隣では、アイドル美少女さんがじっとわたしを見つめてきていて……わたしは、ものすごい緊張感に思わず唾を飲み込んだ。

ああ、早く受け取って！　そうしたらすぐにでもダッシュするのに！

「……ありがとう」

わたしの体感時間的に随分長かった一瞬を経て、イケメン美女さんがはっとしつつ、でも確かにハンカチを受け取ってくれた。

よかった。間違えてなかった。そしてこれで逃げられ――

「確かに私のだ。ふふっ、嬉《うれ》しいよ。本当にありがとう」

ぁ……いい声……。

改めてちゃんと聞いたイケメン美女さんの声に、わたしはつい聞き惚《ほ》れてしまう。

高すぎず、低すぎず、心臓に直接響くようなそんな……上手《うま》く表現できないけれど、一瞬、「今鼓膜ぶちゃぶったら人生最後に聞いた音がこの声になるのか……それはそれで」なんて思ってしまう程度に、素敵な声だった。

そして、その音色と、確かにイケメン美女さんがハンカチの持ち主で、想像の何倍も喜んでくれた事実に浸ってしまったわたしは、すっかり逃げ出すという目的を忘れてしまっていた。

「あっ、もしかしてあなた、えんぴつの人!?」

「ふぇっ!?」

アイドル美少女さんが声を上げつつ、わたしの手を摑《つか》む。

彼女の声もまた綺麗《きれい》だった。アニメ声というのだろうか、高くて甘くて一度聞いたら絶対忘れられない、そんな声。

美少女ってのは声まで美少女なのか!?　イケメン美女さんとやっぱりタイプはまったく違うけれど、でも甲乙つけがたいというか……もしも両方から同時に囁《ささや》かれでもしたら、いよいよ本気で鼓膜を破り、人生最後の音を脳みそに刻み込むという選択肢が現実味を帯びてくるだろう。

「えんぴつの人って？」

「ほら、話したじゃない！　えんぴつコロコロの人！　入試で、ずっとえんぴつを転がしてた変――じゃなかった、不思議な子がいたって！　ここにいるってことは合格したってことよね!?　すっごーい!!」

アイドル美少女さんは目をキラキラさせながら、興奮したように早口気味に語る。

対するわたしはそんな彼女に圧倒されつつ、心の中では苦笑せずにいられなかった。

確かに、彼女が言ってるのはわたしのことだ。

本来の頭のできに見合わない進学校を受けたわたしは、記念受験というにも問題がちんぷんかんぷんすぎて……咄嗟《とっさ》に、持ってきていたえんぴつに縋《すが》り付く道を選んだ。

ラッキーなことに試験はマークシート方式で、選択肢も全部四つで統一されていた。

わたしはその場でえんぴつに1～4のしるしをつけ、試験官の人にバレないようこっそりころころして、なんとか試験を乗り切ったのだった。

だから、試験に受かったと知ったときは、本気でびっくりしたのだけど。

「すごいすごい！　ねぇ、あのえんぴつどこかの神社で買った物？　神様が宿っていたのかしら。他のことにも使えるのかな、例えば……ロト6とか！」

「あたしもよく知らないけど、ほらCMとかやってるじゃない？　シックスっていうくらいなんだから、六択のなにかなんじゃない？」

わたしの腕をぎゅっと摑みつつ、アイドル美少女さんは笑顔で熱弁する。

「それ以外にもきっとたくさんあるわ！　六択以下の物だったらなんでもいいんだろうし……」

「い、いや、なんの変哲も無い普通のえんぴつですよ!?　十二本入りの！」

「え、そうなの？　それじゃあ貴方《あなた》がすごい強運の持ち主なのかしら。どちらにしてもびっくりね」

「あ、いや、その……ありがとう、ございます」

わたしは萎縮しつつお礼を言う。正直褒められるようなことじゃないと思うけれど、こうもべた褒めされればつい喜んでしまうのも仕方ないだろう。

ただ、彼女の声はよく通った。そうでなくても二人は誰もが二度見三度見する美少女だ。だから当然、入学式に向かう他の新入生達からも注目されてしまっていた。

そんな視線に気が付いたイケメン美女さんが、アイドル美少女さんの肩を叩《たた》く。

「由那《ゆな》」

「あちゃあ、なんか目立っちゃってるね……話は歩きながらしましょ、凜花《りんか》」

「ろ、ろと……？」

由那、それに凜花。彼女達の名前だろう……なんか響きまで美少女っぽい。

そしてわたしは四葉《よつば》。名前まで運任せっぽい――

「って……え？」

不意に両手に触れたものを見て、わたしは反射的に左右を見る。

なぜか二人が、両側からわたしを挟み、しかも手を繋《つな》いできていた！

「ええええっ!?」

「あたし、百瀬《ももせ》由那。よろしくね。それでこっちが――」

「合羽《あいば》凜花だ。君の名前は？」

「え、あ……間《はざま》四葉、です」

「四葉ちゃんっ」

「良い名前だね」

褒められた……ていうか、いきなり下の名前呼び！　美少女ってすごい……！

「あ、あの、百瀬さん、合羽さん……？」

「あたし達のことも名前で呼んでくれていいのよ。ね、凜花」

「ああ」

「い……いやぁ、それはちょっとわたしにはハードル高いっていうか……」

すっかり萎縮しつつ、一線は守る。

わたしみたいな運だけの人間が、彼女らみたいな素敵な存在と、名前で呼び合うくらい対等な関係になれるはずがない。

ましてや、この流れで友達なんて……きっと二人にとってわたしは、たまたま見つけたオモチャみたいなものだ。

こんなに可愛《かわい》くて、カッコよくて、明るくて、優しくて……きっと彼女達《たち》はすぐにたくさんの友達を作ってしまう。わたしなんかより、ずっと素敵な友達を。

だから、こうやって接してくれるのは今だけで、すぐにわたしのことなんか忘れてしまうだろう。

そう思ってわたしは、少し寂しい気分になった。

さっきまでどう逃げ出すかとか考えていたくせに……それでも、きっとすぐに来る別れに、惜しいと感じずにはいられなかった。

◇◇◇

……………の、だけれど。

まったく予想外というか、信じられないことに、二人はそれからもずっとわたしの友達だった。

どんなにたくさんの友達ができても、その全員に平等に接する凄《すさ》まじい包容力の持ち主だった、というわけじゃない。

いや、やろうと思えばできるのかもしれないけど、でも、それを確かめるにはそもそもの前提がまったく違っていて——

二人は、なぜか友達を作らなかったのだ。

一年間の高校生活で、彼女達が作った友達はわたしただ一人だった。

それはおそらく彼女達が意図的にそうしたわけじゃない。

ただ周りが、特に中学から二人を知る同級生達がそうさせたのだ。


二人が『聖域』だから。決して何者も侵してはならない、神聖で、無垢《むく》で、高潔な存在だから。


事実、誰も二人の関係を濁そうなんてしなかった。お調子者キャラな男子でさえ告白はもちろん、深く関わろうとしない。

合羽さんに部活の助《すけ》っ人《と》を頼んだりはするけれど、でもそれは健気《けなげ》に彼女を応援する百瀬さんの姿があってこそ。

決して抜け駆けはしない。まるで芸術品を進入禁止のロープの向こうから眺めるみたいに、誰もが一線を越えることは無い。

たったひとり……わたしを除いては。


現在、高校生活二年目を一ヶ月強終えてなお、わたしは『聖域』の友達という立場を独占している。してしまっている。

きっとファンの人達からしたら好ましくはないだろう。抜け駆けしているみたいだし。

それこそ、今まで攻撃というか……そういう、わたしを排除しようとするなにかが無かったのが不思議なくらいで。

でも、信じてほしい。わたしには二人を穢《けが》そうなんて気はまったく無い！

だって、入学した頃のわたしは知らなかったのだ！

聖域なんて話はもちろん、女の子同士の恋愛を百合《ゆり》って呼ぶこととか！　それを尊いって感じることとか！　百合の間に挟まれるのが大罪の一つだとか！

「そんなのなにも知らなかったんだもんーっ!!」

なんて叫びは虚《むな》しく、誰の耳にも届くことはないのであった。

「知らなかったって、なんのはなし？」

届いてた！！！！！！！！

わたしがだらだら二人との出会いを振り返っているうちに、二人は目的のアイスを買い終えていたらしい！

　そ、そりゃあそうだけど！　アイスを買うなんてそんな時間がかかる大仕事じゃないけどっ!!

「はい、四葉さん」

「え？」

「四葉さんの分のアイス。今日一生懸命応援してくれたから、そのお礼に」

　合羽さんがそう、わたしにアイスを差し出してくれる。

　白と茶色が交互に混ざったソフトクリームだ。

「あ、ありがと……でも、いいの？　わたし、全然声大きくなかったし」

「そんなことないよ。ばっちり聞こえた。四葉さんの応援、本当に嬉しかったんだよ」

　そんな合羽さんの言葉が嬉しくて、わたしはじんわり胸の奥が温かくなるのを感じた。

「ちなみに、あたしはチョコ味ね！」

「私はバニラだよ」

　そしてわたしのがミックス。なんかいいとこどりしてる感じがして……いや、考えすぎなのは分かるけど！

「ほら、四葉さんも食べて。冷たくて美味《おい》しいよ」

「う、うん」

舌を伸ばし、一口アイスを舐《な》める。

美味しい……！　バニラの甘さとチョコの苦みが絶妙にマッチしている！

「ふふっ」

「えっ。な、なに!?」

「いやぁ、本当に美味しそうに食べるなぁって」

「そう、かな？」

「そうよ。こっちが照れくさくなるくらいに。あー、あたしもミックスにしたほうがよかったかな？」

百瀬さんは羨ましげにわたしのアイスを見てくる。

そんな可愛らしい仕草に、わたしはつい、妹達にやるみたいに、彼女の前にアイスを差し出した。

「よかったら、一口いる？」

「え、いいの？　いるっ！」

一度質問しつつも、答えを待たずにぱくりとアイスを頬張る百瀬さん。

「んーっ！　美味しいっ！」

一応半分は同じ味なんだけど、百瀬さんはすごく嬉《うれ》しそうにリアクションする。

「あっ、由那！　ズルい！」

そして今度は合羽さんが羨ましげに声を上げた。

こういうことはしょっちゅうで、今みたいに百瀬さんだけになにかあげたりすると、合羽さんが羨ましがることが多い。

それはなにも合羽さんに限った話じゃなく、百瀬さんだって同じだ。

きっとこれも、仲のいい幼なじみだからこそなんだろう。二人で一つというか、ニコイチというか……あれ、同じ意味だっけ？

とにかく、こういう反応になることはわかっていたので、わたしはアイスを、今度は合羽さんに差し出す。

「合羽さんもどうぞ」

「あ……いいの？」

「もちろんっ！って、元々は合羽さんに買ってもらったものだし、どうぞっていうのも変かもだけど」

「ううん、そんなことないよ。それじゃあ、一口もらうね？」

そう、合羽さんはこちらを窺《うかが》いつつ、おずおずとわたしのアイスを舐める。

そのときずっと上目遣いにこちらを見てきていて、なんかわたしのほうが緊張してしまう。

「よかったら、私のも食べる？」

「あ、うんっ。いただきます……！」

「じゃあじゃあ！　あたしのもあげるっ！」

「ありがと、百瀬さんっ」

アイスを食べさせて、食べさせられて。

わたしは二人に挟まれながら、なんか青春っぽい時間を過ごす。

出会って一年、わたしは未《いま》だに二人のことを名前で呼べないけれど、到底二人と対等になれるなんて思えないけれど、今、この瞬間は確かに友達でいられてると思える。

百瀬さんも、合羽さんも、周りにどう思われたってわたしの大切な、大好きな友達だって、自信を持って言える………たぶん。

「そうだっ、せっかくだし写真とろーよ！」

「いいね。じゃあカメラは私が」

「ほら、四葉ちゃんも寄って寄って！」

二人はぎゅっとわたしを挟み込み、合羽さんの掲げたスマホの画面に注目する。

（あ、改めて三人並んで見せられると、やっぱり……どっちも綺麗《きれい》だな……）

ほっぺた同士がくっつきそうな距離に二人がいる――その状況に気後れしてしまいそうになるけれど、でも、スマホに映ったわたしはちゃんと笑顔になれていた。

それは、わたしが頭の中で気後れを感じていても、本心ではちゃんと今、この瞬間を楽しいって、嬉しいって思えている証《あかし》に思えた。

◇◇◇

「ただいまーっ！」

自分でも随分浮かれた声だなぁと思った。

でも、仕方ない。だって今日は本当に楽しかったから。

あの後、二人と別れて一人になってからも、グループチャットに送られてきた写真を眺めているだけで幸せな気分になれた。

二人と出会って、一緒に過ごして、時間が経《た》つと共に一緒の写真も増えていって……思い出がこうやって形になって残るのは、すごく幸せなことなんだなって思える。

「お姉ちゃん、遅い」

なんて、家についてもまだにやにやしているわたしに、冷めた言葉が投げつけられた。

玄関で待ち構えるかのように腕を組んで仁王立ちする美少女の姿があった。

いや、わたしが彼女を美少女と称するのは変かもしれないけど……でも、わたしなんかと比べれば全然、めちゃくちゃ可愛いと思う。

そんなわたしの二つ下の妹——桜《さくら》はここしばらく反抗期を迎えていて、わたしにちょっとばかり冷たい態度をとることが増えた。

でも、反抗期とは違うのかな？　お父さんとお母さんには普通だし、一個下の葵《あおい》とは仲が良いみたいだし。

桜がイラだった態度をとるのはわたしに対してだけみたいで……これ、ただ単にわたしが嫌われてるだけじゃ……？

「ちょっと、聞いてるのお姉ちゃん」

「え？　な、なに!?」

「……もういい。はやく晩ご飯作ってよ」

「う、うん。ごめんね」

「……べつに謝んなくていいから」

怒ってるみたいなのに、謝らなくていいと言う。難しい年頃だ。

でも実際、桜は中学三年生。つまりは受験生だ。

毎日夜遅くまで勉強頑張ってるし、お姉ちゃんとしては応援したいところである。

そして、料理は数少ないわたしの得意スキル！　あくまでわたしにしてはだけど！

共働きの両親の代わりに家事全般を担ってきたわたしにとって、美味しいご飯を食べさせてあげることが、桜への一番の応援になることは間違いない。

「でも、本当に急いで。このままじゃ葵が作り始めちゃいそうなんだから」

ちなみに桜も間家の誇りだし、三人の娘を頑張って働いて育ててくれている両親も誇りだ。

そこには天使がいた。否、我が間家《はざま》が誇る三女、葵がいた。

「あ、お姉ちゃん！　お帰り～」

「た、ただいまっ!!」

わたしはスクールバッグを投げ捨て、すぐさまキッチンに走った。

そ、それは非常にマズい！

「えっ、葵が!?」


なぁんだ誇りばっかだね！　と、唯一誇りになれてるかどうか怪しい長女は思うのであった。まる。

「あ、葵ちゃん。どうしてお姉ちゃんのエプロンなんて着けてるのかな……？」

「お姉ちゃんが遅いから、葵が晩ご飯つくろうと思って。きっとお姉ちゃんも疲れてるだろうし」

「そ、そんなことないよぉ。お姉ちゃん元気マンマンだから！」

「それをいうならやる気じゃないの？」

「やる気もマンマン！」

葵は良い子だ。まだ反抗期もきてないみたいで、純粋にわたしのことを気遣ってくれてるんだと思う。

でも、その気遣いは正直遠慮したいものがある……というのも、葵はどんな食材でも劇薬に変換する特殊能力の持ち主——つまり、メシマズなのだ。

それこそシスコンを自覚するわたしであっても、葵の料理には正露丸なしでは耐えられない。

桜ちゃんからの「なんとかしろ」という無言の圧もあるし、なんとか状況を覆さねば……！

「お姉ちゃん、葵ちゃんのために晩ご飯が作りたいなぁ」

「葵もお姉ちゃんにご飯作ってあげたい！」

「はうっ！」

良い子……！　やっぱりこの子めちゃくちゃ良い子!!

そ、そうだな……今回は久しぶりに葵に任せてみてもいいんじゃないかな？　ほら、もしかしたらメシマズも自然治癒してるかもしれないし……？

と、そんなことを思いつつ、後ろを振り返るわたし。

「……お姉ちゃん？」

桜ちゃんは変わらずクールだった。

でもそんなクールなところにも、どこかグッとくるお姉ちゃんがいるよ!!

「葵、お姉ちゃんが作るって」

「えー……でもぉ……」

「お姉ちゃんの料理好きでしょ」

「うんっ、大好きっ！」

ほあぁ……満面の笑みで頷《うなず》く葵にお姉ちゃんはノックダウン寸前だ。

大好きって言ったのはお姉ちゃんの料理であって、お姉ちゃん自身ではないからね
……？

い、いや、でも分からないから！　葵はお姉ちゃんのことも大好きかもしれないだろ！

そこのジャッジは出てないでしょうがっ！

「ね、ねぇ葵ちゃん？　お姉ちゃんのことは――」

「じゃあゲームでもして待ってよ。ほら、葵の好きなレースのやつ」

「うんっ、やるやる！」

お姉ちゃんの決死の質問は桜によって遮られ、そして桜の誘惑にあっさり乗った葵はさっさとキッチンを出て行ってしまった。

「それじゃあ、よろしくね」

「……うん！　ガッテン!!」

でもそんなことで落ち込むお姉ちゃんではないのである！

外ではそこそこ、まぁまぁネガティブ気味なわたしだが、この家では妹二人にとっての頼れる姉！……で、いたい。

少なくとも葵は、わたしの料理は大好きと言ってくれているんだから、お姉ちゃんとしては全力を尽くさない理由がないわけですし！

「ねぇ、お姉ちゃん」

「桜？」

もう葵と一緒に行ったと思っていた桜が、キッチンの入り口から半分だけ顔を出してこちらを見ていた。

「あの……その……」

「どうしたの？」

「……お姉ちゃん、アタシも…………だから」

桜は伏し目がちに、少し耳を赤くしてぼそぼそ言うと、逃げるように行ってしまった。

「…………」

そんな桜ちゃんを見送り、呆然《ぼうぜん》と固まるわたし。

最後の言葉はとてもか細くて、普通だったら聞き逃しちゃうくらいにささやかなものだったけれど、でも——

——アタシも、お姉ちゃんの料理大好きだから。

確かに、そう聞こえた。

「……ふ、ふふ」

その言葉を脳みそが理解した瞬間、自然と笑みが零《こぼ》れた。

「ふふふ……ふはは……」

湧き上がるやる気……全能感!!

「あーっはっはっはぁっ!!」

リビングの方から「お姉ちゃんうるさい!」とか、「お姉ちゃんがおかしくなった!?」みたいな言葉が飛んできたけれど、今のわたしには天使達《たち》が奏でるラッパの音に聞こえると言えなくもない!

「よーしっ、お姉ちゃん張り切っちゃうぞー!」

そんなこんなで魔法少女もびっくりの限界突破マジカルパワーに満たされたわたしは、あれよあれよと食材に手をつけていき――

「お姉ちゃん、力入れすぎ……」

「今日、誰かの誕生日……?」

わたしの料理が大好きだと言ってくれた妹達がドン引くほどに手の込んだ、とろっとろでてらってらのビーフシチューオムライスを披露するのだった。

◇◇◇

「ふあぁー……」

晩ご飯からまた時間が経ち、お風呂から出たわたしは自室のベッドにどさっと勢いよく倒れ込む。

重力から解放されたような感覚に、つい間抜けな声が漏れた。最高に気持ちが良い。このために生きてる。

今日は百瀬《ももせ》さん合羽《あいば》さんと色々あって、晩ご飯も頑張って、すっかり限界だ。遠くから親が帰ってきた音も聞こえたけれど、とても立ち上がる気力はない。

「あぁ、やっぱり……楽しかったなぁ」

半分まどろみつつ、ぼーっとスマホを見る。

今日の写真はさっそく壁紙に設定した。

スマホをつけるたびに、今日のことを思い出して嬉《うれ》しい気分になれると思う。

「また、今日みたいな日がくるといいな。それで、いつか……」

いつか、百瀬さんを由那《ゆな》って、合羽さんを凜花《りんか》って……そう呼べる日が来たらいいなって、思ったり思わなかったり……。

「そうだ、ちょっと名前で呼ぶ練習、してみようかな……？」

ベッドに寝転がり、スマホを掲げながら、目の前に二人がいると想定して……と、そこまで準備したわたしは……咄嗟《とっさ》に、勢いよく起き上がる。

「桜《さくら》！　葵！　何覗《のぞ》いてるの!?」

お姉ちゃんの妹限定の超能力的直感が働き、妹達がドアのすぐ向こうにいると気が付いたからだ！　自分で言っててちょっと痛いけれど!!

「だってお姉ちゃんがベッドの上で気持ち悪いこと言ってるから」

「い、言ってました!?」

「お姉ちゃん彼氏いるの!?　それとも告白された!?」

「いないし告白もされないから!?」

何が悲しくて、こんな本気の弁明をしなくちゃいけないんだろう。

でも実際、友達を下の名前で呼ぶ練習なんかしようとしてたんだから、痛いことには変わりはない。

「え、いや、でも本当にうるさかった？　勉強の邪魔しちゃった？」

でも、気持ち悪いか気持ち悪くないかはともかく、本当にうるさかったか気になって、ついしつこく聞いてしまう。

桜と葵の部屋はわたしの部屋のとなりで、二人で一部屋を使っている。

お姉ちゃんだけ一人部屋というのはズルいというか、すこし寂しいというかなんというかなんだけれど、だからって妹達の邪魔をしていい理由なんかなくて……！

「別に。うるさくはなかったけど」

え、そうなの？　だったらどうして部屋を覗いて、わたしが気持ち悪いことを言ってたなんて……はっ⁉　まさかっ‼

「もしかしてお姉ちゃんに勉強の質問⁉　そうだよね！　質問くらいしちゃうよね！　なんたってお姉ちゃん、現役女子高生だしっ‼」

「お姉ちゃんに聞くくらいなら葵《あおい》に聞くけど」

「年下に⁉」

「葵も桜お姉ちゃんに聞くかなー」

「うん、それは正しいね……」

悲しいことに、いや喜ぶべきことに、桜、葵と、わたしの頭のできは全然違う。

特に桜はわたしと同じ永長《えいちょう》高校を目指し既に猛勉強を始めていて、順調に成績を伸ばしている。えんぴつを転がしてたまたま合格したわたしとは雲泥の差だ。

「邪魔しないであげよ、葵。お姉ちゃん、きっと妄想で忙しいから」

「も、妄想とかしてないし！」

「え、じゃあ本当に彼氏できたの？　なんか、名前で呼ぶとかどうとか……」

「あ、違、葵それは……ええと……妄想、です……」

「やっぱりそうだよねっ！　お姉ちゃんに彼氏なんかできるわけないもんねっ！」

「ふぐぅ!?」

葵の心底嬉しそうな返事に、わたしは凄《すさ》まじいダメージを喰《く》らった。

自分で非モテを自虐をする分にはダメージゼロなのに、愛する妹から非モテ認定受けるのは、なんというかすごく効く。全存在を否定されたみたいな……つら……。

「大丈夫、お姉ちゃんが一生誰とも付き合えなくても、アタシ達はお姉ちゃんの妹だから」

「そ、それは嬉しいけど……ねぇ、桜？　傷口に塩すり込んでるわけじゃないよね？　なんか、お姉ちゃんが一生誰とも付き合えないって確信してるみたいな感じがしたっていうか……き、気のせいだよね？」

「それじゃあ、おやすみお姉ちゃん」

「おやすみーっ！」

無情にも、妹達は一方的に話を切り上げ、去って行ってしまった。

最終的に中々の深手を負ったわたしだけれど、確かに花の高校生なのに浮いた話ひとつないのはいかがなものだろう……？

そりゃあ、男子のみなさんから見ればわたしなんて全然守備範囲外だと思いますけど。

でも……たとえば、聖域みたいに、その、女の子同士、とか……？

「いや、それはあの二人だから成立するのであって！」

やっぱり、わたしには恋愛なんか無縁のものだろうな。きっとお嫁さんの貰《もら》い手《て》もなくて、一生家族のお世話になることになるんだろうな……。

色々楽しいことも嬉しいこともあった一日だったけれど、結局わたしはわたしらしく、将来へのそこはかとない不安に包まれながら、今日を終えるのだった。はぁ……。

「それでは、中間テストの結果を返します」

合羽さんが大活躍した紅白戦を観戦して、ソフトクリームを食べて、妹達から存在を否定され（超大げさ）、その翌日……担任の先生が淡々と告げたその言葉に、わたしは思わず頭を抱えた。

そう——今日は五月末に行われた中間試験の返却日なのである。

「成績表にはそれぞれの順位を記載しています。現在の自分の位置がどこか確認しつつ、今後も勉学に励んでください。それと昨日も伝えましたが、今日から暫《しばら》く授業ではテスト問題の解説を行います。問題用紙と返却された解答用紙を必ず持ってくるように。それでは五十音順に取りに来てください」

彼女は去年から毎回殆《ほとん》ど変わらない文言を呪文のように唱え、テスト返却を開始する。

進学校であり、優秀な生徒が集まってるとはいえ、順位が出るとそれなりに浮かれると いうのは公立中学校時代と変わらない。

なにか賭けでもしている生徒もいるのか、成績表を見せ合っては楽しそうにしている姿が教室内でちらほら見られた。

そしてわたしは——返されたばかりの成績表をぐしゃっと握りつぶすと外界からすべてをシャットアウトするように机に突っ伏した。

「えーと……大丈夫？」

「この姿も随分と見慣れたね」

百瀬さんが心配を口にし、合羽さんが苦笑する。

二人の優しさが今日はつらい。

というか——

「四葉《よつば》ちゃん、毎回しっかり落ち込んでるけど、慣れないの？」

「いや、由那。四葉さんが慣れちゃったら駄目だと思うけど」

「そお？　あたしも毎回同じ順位なのは四葉ちゃんと同じだけど、すっかり慣れたわよ？」

「嫌みですかぁっ!?」

この二人が相手だからつらい！　特に百瀬さん！

わたしが勢いよく頭を上げて抗議すると、百瀬さんは「あ、復活した」なんて他人事《ひとごと》のように言ってくる。

「どれどれ？」

そしてわたしの握っていた成績表を奪い取ると、容赦なく開いて溜息《ためいき》を吐《つ》いた。

「本当にいつもと同じね……なんというか、さすが四葉ちゃんというか」

「うぅ……」

「ちなみにあたしは一位。んふふ、褒めて褒めて？」

「さすが百瀬さん……」

全部で128人いる二年生の中で、成績一位はこの百瀬由那さん。なんと高校入学以来ずっと一位をキープしているのである。秀才であり、天才なのだ。

そして、同じく全部で128人いる二年生の中で、成績ワースト一位はこのわたし、間《はざま》四葉。これまたなんと高校入学以来ずっとびりっけつをキープしているのである。ある意味天才と言えなくもないかもしれない。

先生曰《いわ》く、わたしのように毎テスト、何かしらの教科で必ず赤点をとる生徒はこの高校始まって以来らしい……伝説つくっちまったな！

救いなのかどうなのか、そんな生徒の出現を想定していなかった根っからのエリート校である永長《えいちょう》高校には、成績の悪さを理由に留年・退学させる校則は敷かれていなかったらしく、わたしは進級はしつつも、永遠の劣等生として君臨し続けていた。

ちなみに補習は山ほど課せられているので、ノーペナルティではないと断っておく。

おかげで一年、二年ともに担任を務められている安彦美姫《あびこみき》先生との関係も険悪に――は、思いのほかならず、むしろ補習で一緒にいる機会が多いため、案外仲良くなれてたりする。

先のアナウンスからも分かるとおり、先生は基本淡々とした敬語で喋《しゃべ》る人だ。ロボットっぽいと言っても過言じゃない。

毎日パリッとしたスーツを身に纏《まと》い、常に背筋をピンと伸ばし、髪はきちっと結び、メガネをかけ、そして美人と、なんだか触れづらいオーラを放っている。

それこそ、最初はすごく冷たい人なんだろうなと勝手にビビっちゃってたけど、実際はちょっと緊張しいで、生真面目なだけの、根っこは優しい人なのだ。

先生は落ちこぼれのわたし相手にも真《ま》っ直《す》ぐ向き合ってくれるし、補習で二人きりの時には笑顔も見せてくれる。

わたしもその時は先生のこと、『みきちゃん』なんて呼ぶくらい仲良くて……ふふふ。

「四葉ちゃん？　聞いてる？」

っと、百瀬《ももせ》さんから頭をはたかれ、わたしは意識を戻す。

「四葉ちゃん、分かってる？　高校二年生の夏はすっごく大事なのよ！」

「え？　夏？」

今は六月。夏までは二ヶ月弱はあるけれど。

「この調子だと四葉ちゃん、絶対期末も赤点じゃない。そしたら夏は補習でしょ？」

「う、うん。まぁ、去年もそうだったし」

実は中間試験に補習はない。夏休みみたいに補習をぶち込む時間がないからだ。

だから、休み前の期末試験さえ頑張れば補習は免れられるのだ。

「来年になったら受験勉強で、予備校行ったり、模試受けたりで、夏は勉強漬けになっちゃうんだから、遊ぶなら今年のうち！　補習なんかで時間を潰してる余裕なんかないの！」

バンッと机を叩《たた》き熱弁する百瀬さん。

い、言えない。さっきまで補習も先生と仲良くなれるし役得～とか考えてたなんて。

「そうだな。せっかくなら旅行とかも行ってみたい」

百瀬さんに同意するように合羽《あいば》さんが頷《うなず》く。

ちなみに合羽さんはスポーツ万能なだけでなくテストの成績もちゃんといい。

毎回10位から20位の間に位置していたりする。当然赤点なんてまったく無縁だ。

「だから、今回だけは、夏を思いっきり楽しむために、今のうちからしっかり試験対策しないと！　いーい、四葉ちゃん！　明日から早速勉強会よっ！」

「「えぇっ!?」」

いきなりな話につい悲鳴を上げるわたし。なぜか合羽さんも。

「明日は、ふつうに四葉さんと遊ぼうと思ってたのに」

「合羽さんも初耳？」

「うん。実は四葉さんがやりたいって言ってたフィットネスのゲームが手に入ったんだ。

だから一緒にやれたらって」

「ほんとっ!?　すごい人気で、お店で買おうにも抽選になってるのに！」

「ふふん。その抽選購入に当たったたんだっ」

得意げに胸を反らす合羽さん。すごい！　なんだかすごく輝いて見える!!

「ちょっと凛花《りんか》。四葉ちゃんを誘惑しないの。こういうのは最初が肝心なのよ？」

「で、でも百瀬さん。ちょっとくらいなら……へへへ……」

「あたし、四葉ちゃんを思って言ってるのよ？　もう……じゃあ分かった。明日は土曜日で学校は休みだし、お昼はあたしと勉強会、それが終わったら凛花とゲーム。これでいきましょ」

「む……由那《ゆな》が先？」

「しょうがないじゃない。そのフィットネスのゲームって身体《からだ》動かすやつなんでしょ。四葉ちゃん運動音痴な上に体力もないんだから、その後じゃ眠くなって、勉強どころじゃなくなっちゃうんじゃないかしら」

「うぐっ！」

正論という鋭い刃で容赦なく突き刺してくる百瀬さん。

一理あるし、合羽さんも「確かに……」と頷いていらっしゃる。

（あれ？　でも、この話の流れだと三人一緒にじゃないのかな……？）

ふとそんな疑問が浮かぶけれど、口を挟む前に——

「それじゃあ、明日はそんな感じね！」

と、そんな感じでまとめられてしまったのだった。

◇◇◇

翌日。

「うーん……よしっ！」

鏡の前で自分の姿を見て気合いを入れる。

友達と遊ぶだけなのに何をそんな、と思わなくもないけれど、いや、でもやっぱり、百瀬さん、合羽さんと会うのだからそれなりに気合いが必要だ。

特にわたしのようなよわよわ一般市民ならば余計に。

本当なら美容院に行ってから臨みたいくらいだけれど、そんな時間はないので、ささっと櫛《くし》で髪を梳《と》いて誤魔化す。もちろん朝シャンは入念に済ませた。

今日は制服で来るよう指示されていたので、私服を並べ、ダサいと思われないように必死に頭を悩ませる必要がなかったのが助かった。

——試験を受けるのは制服でなんだから、普段の勉強も制服で行った方がいいじゃない！

とのこと。

そこに科学的根拠があるかは知らないけれど、百瀬さんが言うならきっと正しい。

なんたって百瀬さんは学年一位で、美少女なのだから。

美少女の言うことは大体正しいのである！

「桜《さくら》ちゃーんっ！　お姉ちゃんがデートの準備してる!!」

「葵《あおい》!?」

いつの間にか洗面所を覗《のぞ》き見ていた葵が叫び、そのタレコミに応えるように、ドタドタと足音が響いてきた。

「デートですってっ!?」

そしてすぐさま桜ちゃんは、さっきまで寝ていたからか寝癖を爆発させつつ、パジャマを着崩しつつ、どこか色っぽさのある無防備な姿で現れた。

なぜか焦ったような表情を浮かべつつ。

「お姉ちゃん、デートって本当なわけ？」

そしてすぐにぎろっと責めるような視線を飛ばしてくる。なんで？

「で、デートちゃいます！」

「怪しい。とってつけた関西弁が怪しい」

「それは自分でも思った！　でも違うからね!?」

桜が訝《いぶか》しむのも当然かもしれない。

なんたってわたしはこれまでの人生でデートという言葉と無縁に生きてきた女だ。

でも、わたしなんかよりも可愛《かわい》く、わたしより若いのに既に何度も告白を受けているらしい桜や葵から見れば、そんなわたしは珍獣みたいなものかもしれない。

わたしがデートするなんて、パンダが突然空を舞い、海に飛び込んでサーフィンを始めるくらいありえない話だ。

つまり、現実には起こりえないってこと。悲しいけど。

「ただ友達の家に遊びに行くだけだから」

「「友達!?」」

「二人そろって驚くなぁっ！　というか別にそれは初めてじゃないでしょ!?」

「でも、その気合いの入れようはデートみたいだよ。お休みなのに制服着てるのも変だし……友達っていっても、ただの友達じゃないんじゃないの？」

「せ、制服はともかく……葵だってお出かけするとき、結構入念に準備してるよね？」

うぐっ、と口をつぐむ葵。こういう、すぐに顔に出るところはさすが姉妹って感じがする。

そう、葵もわたしと変わらないのだ。

たとえばわたしと一緒に映画を観《み》に行く約束をした時、服を選ぶのに二時間、そして洗面台の鏡の前で一時間はかける。

「でも……だって、お姉ちゃんに……」

「お姉ちゃん、葵をいじめないで」

「えっ、いじめたつもりないよ!? ごめんね、葵! べつに葵を責めてるんじゃなくて!」

「じゃあ何が言いたいのよ」

「間家の姉妹は、ほら、準備に時間をかけるDNAみたいなのを持ってるってことだよ! 桜ちゃんだってそうでしょ!? ちょっと一緒にコンビニ行こうっていっただけで、わざわざ部屋着から外行きのきれいめな格好に着替えるし!」

「ふぐっ!!」

桜がのけぞり、首筋まで真っ赤にする。

「ていうか、最近は部屋着も結構きれいめだよね。いつも気合いが入ってるっていうか……そう考えると、今みたいなのは結構レアかも」

改めてパジャマをだらしなく着崩した今の桜ちゃんを観察する。

桜ちゃん、普段部屋を出てくるときには既に着替えてるし、隙がないっていうか。

昔の桜はこうじゃなくて、寝ぼけたままわたしのベッドに潜り込んできたり、抱きついてきたり、むしろ隙だらけな姿をよく見せてくれたんだけどなぁ。

わたしの指摘がそんなに恥ずかしかったのか、顔を真っ赤にした状態で涙目で睨《にら》んでくる桜ちゃん。

「うぅ……う～～～～!!」

このムキになる感じ……ま、まさか！

「もしかして桜こそ彼氏ができたんじゃ……!?」

「はぁ!?」

「え、そうなの桜ちゃん？」

これに葵が反応。一気に話の中心が桜へとすり替わった瞬間だった。

「そ、そんなわけでしょ！　バカじゃないの!?――」

「そっかぁ、気がつかなかったなぁ。桜ちゃんに彼氏ができてたなんて。あっ！　それじゃあ葵と同じ部屋じゃ電話とかも中々できなくて大変じゃない!?　じゃあじゃあ！　桜ちゃんは一人部屋に移ったほうがいいと思う！　その代わりお姉ちゃんは葵と相部屋ね！　お姉ちゃんは彼氏いないいんだもんね！」

なぜか嬉《うれ》しそうに、そうまくし立てる葵。いや、桜をからかってるだけだろうか？

桜とも二つ離れているわたしより、互いに一つ違いの二人のほうが仲がいいのは当然なんだけど、でも、ちょっと寂しかったりもする。

……そう思うと、葵と相部屋になるというのは、案外姉妹仲を深めるチャンスになるかもしれない。

桜も受験生だし一人部屋のほうが集中できると思うし——

「葵、冗談言わないで」

ひうっ。桜のマジなトーンにわたし、そして葵は反射的に身を竦《すく》めた。

「そういう抜け駆けは無しって言ってたわよね？」

「え、えへへ……」

抜け駆け？　なんのこと？

苦笑い、というか気まずそうに引きつった笑みを溢《こぼ》す葵はちゃんと心当たりがあるみたいだけれど……あ、もしかして。

「桜、抜け駆けって……」

「え？　あっ！　いや、ええと、違、違うの、そうじゃなくて!!」

あわあわ慌てる桜にわたしは歩み寄り、そして——ぎゅっと彼女を抱きしめた。

「！！？！？！？！？！？」

「そっか、桜も成長したんだね。なんだかお姉ちゃん嬉しくなっちゃったよ」

「な、ななな……なに言ってんのよ……!?」

「照れなくてもいいんだよ。自分だけ一人部屋になるなんて抜け駆け、嫌だってことだよね」

「え？………え？」

「ちょっと昔はさ、お姉ちゃんがクッキーとか作ったときとか、葵とけんかしてまで取り合ってたりしたけど、いつの間にか優しい子になって……お姉ちゃんもお姉ちゃんとして鼻が高いよ。少し、寂しくもあるけどね」

わたしは桜を抱きしめ、優しく頭を撫《な》でる。

最初は緊張したように固くなっていた桜だったけれど、段々脱力して、おずおずとわたしの背中に腕を回してきて——

「さ・く・ら・ちゃ・ん？」

「ひうっ！」

葵のどこか圧のある呼びかけに身をすくませた。

「そうだよねぇ。抜け駆け禁止……だよねぇ？」

ニコニコと笑顔を貼り付けながら、葵が詰める。

桜はビクッと身を跳ねさせ、すぐさまわたしの腕から逃げ出した。

「ち、違……違うのよっ!?　これは……」

「何が違うの？　ねぇ、桜ちゃん」

「ど、どうしたの葵？」

「んーん。お姉ちゃんには関係ないから気にしないで。ね、桜ちゃん？　ちょっと二人で話そっかぁ？」

「い、今のはだって、お姉ちゃんから——って、葵!? ちょっ、力強——」

葵は威圧感のある笑顔を浮かべたまま、桜の襟首を摑《つか》んで引きずっていってしまった。

そうだ、昔から葵はおとなしくて、いつも笑顔で、結構甘えん坊で、性格美人（もちろん顔も美人!!）だったのだけれど、怒ると誰よりも怖いんだ。

でも、今の会話の中に葵が怒るようなやりとりがあったかなぁ……？

「っと、いけない！　時間時間！」

妹達《たち》のことも気になるけれど、百瀬《ももせ》さんとの約束が差し迫ってる。

わたしは最後のダメ押しにもう一度鏡をチェックしつつ、慌てて出かける準備を再開するのだった。

◇◇◇

百瀬さんは女の子が憧れる女の子だ。

明るく朗らかな、天使みたいな女の子。いつも優しい花の香りを漂わせていて、その声は蕩《とろ》けるくらいに甘い。

きっとその笑顔を向けられれば誰もが骨抜きにされるに違いない。

そんな笑顔を今、彼女は――

「あっ、四葉《よつば》ちゃん！　いらっしゃあい！」

ただ、わたしだけに向けていた。

「お、おはよう、百瀬さん」

「ほら、入って入って！」

百瀬さんはまるで恋人を出迎えるような明るい笑顔を浮かべて、わたしの腕を引っ張る。

思えば、彼女の家に来るの自体は初めてじゃないけれど、隣に合羽《あいば》さんのいない状況は初めてかもしれない。

なんだろう、普段は合羽さんがいるからだと思っていた素敵な笑顔が、今はわたしだけに一切曇ることなく向けられている。そう思うとなんだか無性にどきどきしてきた。

それに、百瀬さんも今日は制服姿なのに普段よりもさらに可愛く見える。

すこしメイクもしているみたいで、「可愛い」「最高」「お持ち帰りしたい」以外の語彙が脳みそから吹っ飛んでいった感じだ。

そんな百瀬さんに手を引かれ、歩く。気分はさながら、わがままなお姫様に振り回される王子さ――うわ、鏡を見てしまった。そこにいたのは王子様などではなく、ただの冴《さ》えない女子高生Aでした。

「百瀬さん、なんだか、今日、すごい可愛いね」

「え、ほんとっ？　うふふ、四葉ちゃんはいっつも可愛いよ？」

ついつい口からこぼれてしまった本音に、百瀬さんはとびっきりの笑顔を返してくれる。

やっぱりお姫様は貫禄《かんろく》が違う。

そしてそんな彼女に「いつも可愛い」なんて言われれば、お世辞だと分かっていても嬉しくないはずがなく、ついつい口元をにやけさせてしまった。

「それじゃあ、赤点回避のために、勉強がんばろーね！」

——が、そんな一言であっさり現実へと引き戻された。


今日、百瀬さんがチョイスした教科は現代文の読解問題だった。

「他の教科はこれから試験範囲を勉強するのが多いけど、読解問題なら基本的な解き方は変わらないもの！　ちょっとコツを理解すればすぐに結果に出てくるし、四葉ちゃんにも勉強の楽しさを感じてもらえるんじゃないかなーって」

そう天使のような笑顔を浮かべる百瀬さんは、悪魔的に分厚い実践問題集を取り出した。

わざわざ今日のために用意してくれたのは嬉しいけれど……圧が……！

そんなわけで、ストップウォッチを握った百瀬さんに見守られながら読解問題を解いていたのだけど——

（しゅ、集中できない……！）

ローテーブルを挟んだ向こう側には、ずっと百瀬さんがいるのだ。少し顔を上げたらそのご尊顔が拝めるのだ。

そして、うっかり見ようものなら、必ず目がピタッと合う。

偶然か、それともわたしが顔を上げる予兆を感じ取っているのか、毎回、必ず目が合って、そのたびに百瀬さんはにこっと素敵な微笑を向けてくれる。

そんな環境で集中できるわけがない！　問題集なんかじゃなく百瀬さんと向き合っていたい！

でも、本当にそうなれば一時間と経《た》たないうちに死んじゃうだろうな。心臓が持たなくて。あと百瀬さんにわたしなんぞの顔を見せ続ける罪悪感で。

……なんて、そんなモヤモヤした思いを抱え続けたわたしが、百パーセント問題に向き合えた筈《はず》もなく――

「うーん……」

結果、採点してくれる百瀬さんの表情を曇らせてしまった。

「これはちょっと酷《ひど》すぎ――あ、ごめんね!?」

「い、いえ……」

気遣いがつらい。もういっそのことひと思いに殺して……。

「ま、まあ最初はこんなものね。うん。大丈夫、きっとここから伸びるから。うん。多分。

あわよくば……」

露骨に自信を失っていっている!?

「と、とりあえず問題の解説の前に、読解問題の基本的な解き方から教えるね！」

もうその、気遣いと空元気を混ぜた複雑そうな笑顔を向けられるのがただただつらかった。コロシテ……コロシテ……。


百瀬さんによる講義が終わった感想。

——百瀬さん、マジ天使。

っとと、じゃなくて。いや、じゃなくないけど！

——百瀬さん、すごく神ってる。

……大して変わっていない上に、わたしの表現力のバカ度が増している。

けれど、紛れもない事実として、百瀬さんは神っていた。

彼女は、「文章は最初に通して読んだ方がいいよ」とか、「何回も出てくる単語は重要なものな可能性が高いからチェックしとこうね」とか、そんなテクニックをひとつひとつ丁寧に教えてくれた。

それは他の現役高校生からしたら、当たり前のものなのかもしれないけれど……

でも、以前の百瀬さんだったら、そういうテクニックみたいなものを口にすることはなかったのだ。

学年トップの成績を収めていたのは今と同じだけれど、勉強の仕方や問題の解き方を聞くと、「なんとなく」以外の言葉が出てこない。

それは彼女がバカなわけじゃ決してない。ただ百瀬さんにとって効率のいい勉強も、最適な解き方も、思考方法も、全部当たり前でしかなかったのだ。

できない、という感覚がなかったのだ。だから、できない人をできるようにするための教え方が分からなかったという……そんな天才肌な子だったのである。

——ごめんね、四葉ちゃん。あたし、教えるの下手で。本当にごめんなさい……！

いつのことだったか、勉強会をしながら、百瀬さんがそう泣き出してしまったことがあった。

そのときは合羽さんも一緒にいて、二人で必死に慰めたけれど——でも、そもそも百瀬さんが泣くことなんてなかったのだ。

彼女は優しすぎる。できないわたしを責めてくれればいいのに、絶対にそんなことはしない。

頑張って寄り添おうとして、自分に色々なものを求めて、自分で自分を傷つけてしまう……。

そんな百瀬さんがハキハキと、めちゃくちゃ分かりやすい解説をしてくれていることに、わたしは教えられる立場でありながら無性に感動を覚えてしまった。

「すごい……！　すっごく分かりやすいよ、百瀬さん！」

「そ、そお？　えへへ、良かったぁ……」

「今なら満点だって取れる気がするくらい！」

「それは嘘《うそ》。まったく、四葉ちゃんったら調子がいいんだから」

百瀬さんは照れ隠しするみたいに、ふわふわの髪をいじくりつつはにかむ。

「じゃあ復習ね。ええと……この『このときの作者の気持ちを述べよ』って問題ね」

「うん」

「四葉ちゃんの回答は『この展開にするか迷った。でも結果、こう書いて正解だったと思う』……間違えるにしてもベタに『おなかが減った』とかじゃない？」

「間違い方で怒られてる!?　ていうか間違いなんだ……」

「もちろん。さっきも言ったけれど、現代文の読解問題はパズルみたいなものなのよ。四葉ちゃんの作者に寄り添う感じ、四葉ちゃんっぽくてあたしはすき――い、いいと思うけど。でも、こういう問題の場合、必ず本文中に答えになる箇所が隠されているのよ」

この場合はここ、と百瀬さんが丸で囲む。

なるほど……言われてみれば問題文と対応しているのが分かる箇所だ。

「まぁ、先生が趣味で小説とか書いてたら、共感してお情けでさんかく付けてくれるかもだけど」

「そっか……じゃあ先生に聞いてみる！」

「やめなさい！」

ぺしっと、ノートで頭を叩《はた》かれた。

「先生も、問題児の四葉ちゃんがせっかく質問してきたのに、それが『先生って小説書いてました？』なんて質問だったらガッカリすると思うわよ……？」

「そ、そうかなぁ……ていうかわたしって問題児なの……？」

「そりゃあそうでしょ。四葉ちゃんほど赤点とってる生徒なんて他にいないし。毎回成績はびりっけつだし」

「うごご……」

「でも大丈夫。あたしがついてるから！」

「百瀬さん……！」

どんっと胸を叩く百瀬さんはすごく安心感があった。

本当なら彼女だって学年ビリの面倒なんか見たいとは思わないだろう。

きっとトップを取るより、わたしの世話をする方が大変な筈だ。

それでも、「絶対見放さない」と言わんばかりに、明るい笑顔を見せてくれる。

「ありがとう……ありがとう、百瀬さん……」

「えっ!?　なんで泣いてるの!?」

「ご、ごめんなさい……でも、すごく嬉《うれ》しくて……！」

百瀬《ももせ》さんはわたしのために「あまり教えるのが上手じゃない」っていう苦手を克服してくれた。

いくら自虐が日常なわたしでもそれくらいは分かる……いや、でも、もしかしたら、わたし以外に理由があったかも……？

あれ？　わたし、自意識過剰すぎ？　なんだか無性に不安になってきた!?

「ばか」

百瀬さんはあきれたような笑みを浮かべながら、わたしの頭に触れる。

「他でもない四葉ちゃんのためだもん」

とてもあたたかく、底抜けに優しい声。

年下っぽい。妹っぽい。

見た目からそんな印象を抱かれる百瀬さんの本当――いや、もう一つの姿だ。

普段わたしはお姉ちゃんで、しっかりしなくちゃいけない立場で。

でも、バカだし、運動音痴だし、誰からも期待されなくて、自分に自信なんて全然無くて。

だから……こういうのはすごく効く。

そんなことをわたしは、今初めて知った。

「ごめんね、百瀬さん……」

「ばかね。こういうときはありがとうでいいのよ」

「うん……ありがとう……」

そんなわたしの頭を百瀬さんは優しく撫《な》で続けてくれて――そんな彼女についわたしは、

「百瀬さん、大好き……」

また、そんな言葉を伝えた。

紛れもなく本心だ。好きという言葉じゃ収まらない。

彼女は、わたしにはとてももったいない、最高の友達だ。

百瀬さんみたいな素敵な人と友達になれて本当にわたしは幸せ者だ！

が……そんな感極まるわたしに対し、百瀬さんはぴたっと撫でる手を止めた。

でも、その手は僅かに震えていて、わたしは思わず顔を上げて……

そして――

「ごめん、もう我慢できない」

わたしが顔を上げた時には、百瀬さんの顔がもうすぐ近くにあって、柔らかく瑞々《みずみず》しいなにかが、唇に触れた。

——え？

何が起きているのか分からなかった。

目の前で百瀬さんの長い睫毛《まつげ》が揺らめいている。

鼻腔《びこう》から漏れる息遣いがわたしの肌を撫でる。

そんな距離で、わたしの唇に何かが触れるとしたらそれは一つしかなくて、そんなのバカなわたしでも考えるまでもなく理解できて——

わたしは、百瀬さんにキスされていた。

「ん……」

閉じられた唇から漏れ出た百瀬さんの声が、わたしの口の中から脳を揺らす。

唇の柔らかな感触が、頬を撫でる髪が、漂う香りが、触れる手の熱が——すべてが色濃く百瀬由那《ゆな》という女の子を伝えてくる。

百瀬さんは一向に口づけをやめようとせず、むしろその勢いを強くする。

対するわたしは、状況は理解できても現実に頭が追いつかなくて、されるがままで——

そのまま彼女に押し倒されていた。

「四葉《よつば》ちゃん」

わたしに覆い被《かぶ》さって、見下ろしてくる百瀬さんの瞳は妙に色っぽく揺らめいている。

けれど同時に、彼女の顔には不安が浮かんでいた。

「ごめんね……いきなり。驚いたよね……嫌だったよね……？」

彼女は後悔するみたいに目尻に涙を溜《た》め、声を絞り出す。

でも……確かに驚きこそしたけれど、嫌という感覚は一切無かった。

相手は女の子なのに、いきなりキスされたのに、でも全然嫌なんかじゃなくて――

「でも……もう抑えられない……！　あたし、あたし……！」

彼女の瞳から零《こぼ》れた涙がわたしの頰を打つ。

その美しすぎる姿に、わたしは呼吸も忘れて見とれていた。

友達としての百瀬さんじゃない。聖域としての百瀬さんでもない。

わたしの知らない――知らなかった百瀬由那という女の子が、そこにいた。

「あたし、四葉ちゃんが好き。友達としてじゃない……一人の女の子として、愛してる」

わたしの「大好き」とは違う、「愛してる」。

その真《ま》っ直《す》ぐで真剣な言葉は、わたしに逃げる隙なんか一切与えず、容赦なく心臓をひとつきした。

「四葉ちゃん……あたし、四葉ちゃんと恋人になりたい。女の子同士でもしかしたら普通じゃないかもって、自分の気持ちに蓋《ふた》をしてきたけど……でも、あたし、もうそんなこと気にしてられないくらい四葉ちゃんが好きで好きでたまらないの！」

百瀬さんの一言一言が強く胸を打つ。

人生初の告白は、誰もが可愛《かわい》いと憧れる絶世の美少女からだった。

そんな嘘みたいな本当を前に、わたしはただ彼女を見つめ返すことしかできなくて。

でも、ずっとこのまま黙ってはいられない。

百瀬さんは「恋人になりたい」と言った。わたしに、そう言ってくれた。

だから答えなくちゃ。わたしは、彼女の気持ちに……でも、なんて……？

『駄目よ、四葉！　冷静になりなさい！』

はっ!?　わたしの中の天使!?

『あなただって分かっているでしょう!?　世間が、いいえ、世界が求めているのはあんたじゃないわよ！　百瀬由那と合羽《あいば》凜花《りんか》のカップリングなの!!』

合羽さん……確かに、彼女には合羽さんがいる。

『美少女同士。お姫様と王子様。これ以上ない、最高で最強、王道にして至高の幼なじみ百合《ゆり》なのよ。その聖域を穢《けが》してはいけないの！』

そう、だ……聖域を、穢しては……。

『四葉。あんたは百瀬由那の人生に現れたイレギュラーなの。完璧で素晴らしい存在でも、たまには火遊びしたくなるものよ。友達なら、それが間違ってるって伝えてあげるべきじゃない？』

たしかに……わたしの中の天使の言うとおりだ。

百瀬さんのことを思うなら、彼女をわたしなんかに深入りさせるわけには――

『ちょっと待てよ!!』

……!?

『あんた……四葉の中の悪魔ぁ!?』

『そう、オレは四葉の中の悪魔だ……』

わたしの中の悪魔!?

『そして、絶対なる正義でもある』

『悪魔のあんたが正義ですって!?』

『そうだ。天使……お前はいわば四葉の理性だよな。正論と言ってもいい』

『そ、そうよ！　だから正しいのはアタシ――』

『いいや違う。今四葉に必要なのは理性や正論じゃない。もっと泥臭く、生々しい——欲望だ』

欲望!? 正義ではなく!?

『どうすべきかじゃねぇ。どうしたいかだ。四葉、お前は百瀬由那とどうなりたいんだ。このまま言い訳をつけて彼女の気持ちを無下にするのか？ それとも、自分の心に素直になるか』

っ……！ あ、悪魔さん……！

『ああっ！ 四葉が悪魔をさん付けしてる!? で、でも駄目なものは駄目よ！ 聖域は……』

『天使、どうしてテメーが百合の形を決めるんだ？』

『え……？』

『聖域と言われて百瀬由那は、合羽凜花は幸せだったかよ。周りから遠巻きに祭り上げられて……それって腫れ物のように扱われてるってことだろ！ それが正しいって、テメェは心の底から言えるのかよッ!?』

『そ、それは……』

そう言えなくもないかもけど、ちょっと極論じゃ……？

『オレは百合が好きだ。百合ってのはよぉ、ケースに飾られた綺麗《きれい》なモンだけじゃねぇ。

もっと泥臭い、雑草みたいな百合があってもいいじゃねぇか。一生懸命咲いてりゃ、それは尊いというには十分じゃねぇか』

『悪魔……さん……』

『見に行こうぜ、四葉！　それに天使もよぉ！　くだらねぇ正論なんかに甘えてんじゃねぇよ！　新しい百合が広がってんだ……それなら答えは一つだろうがよッ!!』

ずがーん！

雷に打たれたような、そして、わたしのなかにあった常識という言い訳が壊されたような感覚……。

そうだ。百瀬さんは真っ直ぐに素直な気持ちをぶつけてくれたんだ。

だから、わたしも正直に、本当の気持ちを……!!

「……わたしも」

「…………え？」

「わたしも、百瀬さんが……ううん、由那ちゃんが好き！」

自覚よりも先に、わたしはそう口にしていた。

「ほ、本当……？」

信じられないといった顔をわたしに向けてくる由那ちゃん。

確かにかなり勢い任せの答えかもしれない。

でも、嘘《うそ》はこれっぽっちもない。

知らなかった……ううん、気付かされた？


わたし、由那ちゃんが好きなんだ。

友達としてじゃない……特別な意味で、大好きだったんだ。


わたしはそう確かに実感しつつ、手を伸ばし、由那ちゃんの頬を伝う涙を指で拭う。

「うん。ちゃんと、そういう意味で……大好きだよ」

「……！　う、嬉《うれ》しい……すごい、こんな……っ！　大好き……大好きだよ、四葉ちゃん……大好きぃ!!」

由那ちゃんは、指では拭いきれないくらいボロボロに泣きじゃくりながら、再び――そして何度も、キスをした。

今度は友達ではなく、恋人同士として。

甘く、とけてしまいそうなくらいに熱い、思いっきりの大好きを込めて。

◇◇◇

「それじゃあ、また……月曜日ね」

　わざわざ玄関まで見送ってくれた由那ちゃんは、そう頬を火照らせながら、おずおずと手を振る。

　なんだか魔法が解けた気分だ。

　夢見心地にぼーっとした様子の由那ちゃんは、小さく可愛いお姫様な外見ながらに、どこか色っぽい、大人っぽい色香を放っている。

　彼女のファンが見れば鼻血を噴出して倒れるかもしれない。わたしもなんとかギリギリ立ててるくらいで。

「じゃあね……ゆ、由那ちゃん」

　わたしは靴を履きつつ、ぎこちなく別れの言葉を言う。改めて名前で呼ぶのは、ちょっと緊張した。

　そういえば、結局勉強会をするという名目は最初だけしか果たされなかったなぁ。

「あ、四葉ちゃん！」

「ん？」

　名前を呼ばれ顔を上げると——ちゅ、っと唇が音を立てた。

すぐそばにあった由那《ゆな》ちゃんの顔が離れ、照れくさそうにはにかむ。

「大好きだよ」

かあっと顔が熱くなるのを感じた。

わたしは由那ちゃんの熱で唇が溶かされてしまったみたいに、何も喋《しゃべ》れなくて、その熱に浮かされながら、こくこく必死に頷《うなず》いて、家を後にした。

梅雨明けの少しむわっとした外気が身体《からだ》を包む。

随分と濃密な時間を過ごした気がするけれど、一日はまだ終わりじゃない。

むしろこれからの時間もわたしにとってはビッグイベントだ。


なんたってこれから、合羽さんと二人きりで遊ぶのだから。


正直、わたしの心境は複雑だ。

もちろん合羽さんと一緒に過ごせるのは嬉しい。

たとえ由那ちゃんとどういう関係になろうと、合羽さんがわたしにとって大事な友達であることに変わりは無いのだから。

でも、合羽さんにとってはどうだろう。

もしも合羽さんが由那ちゃんのことを特別に思っていたら……それを、高校に入って突然現れたわたしに横からかっさらわれたのなら――

（合羽さんは、わたしを嫌うかもしれない）

そんなことを考えるわたしの背中に、燦々《さんさん》と照りつけてくる太陽の熱によるものとはまったく違う、どろっとした重たい汗が流れた感じがした。

選択肢は二つ。

自分からすべて話すか、それとも何事もなかったかのように黙っているか。

由那ちゃんとそういう関係になって、その上で合羽さんとは今までのまま友達でいたい――そんな自分勝手なことを考える自分が、本当に嫌になる。

二人の家は隣同士。歩けばものの数秒程度しかかからない。

そんな距離を一歩一歩踏みしめてゆっくりゆっくり歩いても大した時間にはならなくて……ただ、由那ちゃんに好きと言ってもらって得た自尊心が崩れるには十分だった。

結局決意も固まらないままにインターフォンを押す。

（いや、言おう。黙っておくなんて、合羽さんを騙《だま》し続けるってことだし……）

わたしはそう自分に言い聞かせる。

そうだ。悩んだって事実は変わらない。

どうなるかは怖いけど……でも、友達には誠実でいたいから――

「やあっ、四葉《よつば》さん！　いらっしゃい！」

「……！」

インターフォンの内蔵カメラで見たんだろう。

いきなりドアを開けて現れた彼女は、はつらつとした眩《まぶ》しい笑顔を浮かべていて、

「……こ、こんにちは、合羽さんっ」

わたしの、すべてを話すという急ごしらえの勇気は一瞬で崩れ去ってしまうのだった。

◇◇◇

「はぁ……はっ！　ほっ！　ひ、ぃ……!!」

楽しい！！！！！！

単純な自分が嫌になるけれど、身体を動かし、体力をぼんぼこ消費すると、なんか気分が良くなった。

「すごいね、これ！」

わたしはヨガマットの上にへたり込み、興奮しながら感想を言う。

今やっているゲームは、自宅でも簡単に、楽しみながらエクササイズができるというテレビゲームだった。

昨今の運動不足なゲーマーの需要にばちっとはまったこのゲームは爆売れしているらし

く、今じゃどこも品薄で、わたしも気になってはいたものの未《いま》だ手に入れられていなかった。

　持っていないがゆえにその効果にも半信半疑だったけれど、これはすごい。本当にゲーム感覚で、しっかり筋トレやエクササイズができてる！　気がする!!

　わたしは運動不足というか、元々運動音痴ではあるのだけど、それでも楽しめるとは……これがテクノロジーってやつか！

「あはは、良かったよ。喜んでもらえて」

　そんなわたしを見守ってくれていた合羽《あいば》さんが楽しそうに笑う。

　かわりばんこでプレイしているので彼女もしっかり身体を動かしているのだけれど、いい汗をかきつつ、あまり疲れた感じはない。

　わざわざわたしに合わせて合羽さんも制服を着てくれているのだけど、いや、本当に同じ学校の制服なんですか……？

　永長高校の制服はセーラー服っぽいものとブレザーっぽいものの二種類があって、入学前にどちらか好きな方を選んで買うことになる。

　お店の人は「どっちも良い生地を使っているので、丈夫で軽いんですよ～」って言っていたので、わたしはなんとなくセーラー服っぽい方を選んだのだけど……。

　こうして合羽さんが、わたしの選ばなかったブレザーっぽい制服を着つつ、キビキビと動いている姿を見ていると、本当に同じ性能なのかとぼやきたくなる。

……はい、わかってます。性能が違うのは制服じゃないって。

でも、本当に合羽さんは軽やかで、華麗で、同じゲームをしているはずなのに一つ一つの動作が絵になって——

（やっぱり合羽さんって綺麗だなぁ）

ついそんな当たり前のことを噛《か》みしめていた。

背が高く、スタイルが良く、長いポニーテールも凛々《りり》しく健康的な合羽さんにすごく似合っている。

近寄りがたいほどに美人でカッコよくて、でも、案外抜けてるところもあって、隙も多くて。

こんな魅力的な女の子がわたしと二人きりでゲームしてくれてるなんて、本当にとんでもないことだ。

「あくまでゲームだからって思ってたけど、案外疲れるね」

「えっ、あまり疲れてるように見えないけど……？」

「あはは。それは四葉さんの前だからだよ。かっこつけてるんだ」

「えっ!?　わたしなんかにかっこつけても何も出ないよ!?　強いて言うなら……拍手くらい？」

そう言いつつ申し訳程度に手を叩《たた》くと、合羽さんは「やめてよ」なんて言いながら、照れくさそうに頭を掻《か》く。

「四葉さんは私が疲れていないって言うけれど、私からしたら君の方こそ思ったよりも疲れてない気がするな」

「え、そう？」

「だって、体育の授業とか、特に長距離走った後なんてこの世の終わりみたいな顔してるでしょ？」

「そ、それは、まぁ……」

確かにおっしゃるとおり。

わたしの運動神経は、わたしの学力と競る程度には悪い。

毎回何かしら赤点を取るという偉業に比べれば、体育の成績が悪いのはたった一科目分だけれど、でも、トラウマの数でいえば運動神経が悪かったことによるものの方が多いかもしれない。

そんなわたしが今、比較的ピンピンしているのは奇跡的かもしれない。

「なんでかな……ゲームだから気が紛れたのかも？」

「じゃあ長距離を走るときは、ゲームしながら走ったら平気になるんじゃない？」

「いや、そんなことしたら転んじゃうから！」

「あはは！　確かに！」

冗談なのか本気なのか……でも、からから笑う彼女を見ていると、「まぁ、どっちでもいっか」なんて思えてしまう。

「私も運動は得意な方だけれど、さすがにゲームしながらは難しいと思う」

「合羽さんならそれでもあっさりこなしちゃいそうだけど」

「そんなに器用じゃないよ」

そう合羽さんは肩をすくめる。

確かに、合羽さんはレースゲームとかするときに身体を傾けたり、アクションゲームでダメージを受けると「痛っ！」なんて叫んじゃうタイプだ。

集中しすぎるというか、ゲームに没入しすぎちゃうというか……お菓子とか食べてるとぽろぽろ零《こぼ》すし、ジュースの入ったグラスも倒しちゃう。

そう考えると、合羽さんにゲームをやらせた状態なら、わたしでもいい勝負ができるかも？

「四葉さん、何か変なこと考えてる？」

「ソ、ソンナコトナイヨォ」

「ちょっと棒読みじゃない？」

あっさりと見透かされ、わたしは顔が熱くなるのを感じた。

そんなわたしに合羽さんは温かな目を向けて微笑《ほほえ》む。

「四葉さんは分かりやすいからね」

「そ、そっかな……」

「そうだよ。見ていれば、分かる」

合羽さんはそう、ゆっくり、染み込ませるように言った。

彼女はまっすぐわたしを見ていて、そんな彼女からわたしは目がそらせなくて。

チコ、チコと、壁かけ時計の秒針の音だけが部屋の中に響いていた。

——ああ、なんて綺麗《きれい》な人なんだろう。

わたしには彼女の美しさを評するだけの知識なんかないけれど、でも、彼女が綺麗で、すごく可愛《かわい》い女の子だってことは分かる。

バスケの試合で大活躍して黄色い声援を浴びる王子様な姿も。

ゲームに前のめりで夢中になって、うっかりジュースを溢《こぼ》してあわあわしちゃう、ちょっとドジな姿も。

そのどれもが合羽凜花《りんか》という女の子なのだ。

合羽さんも黙って、じっとわたしを見つめる。

いま、彼女は何を考えているんだろう。

合羽さんは、「見ていれば分かる」って言った。わたしのことなら分かるって。わたしはどうだろうか。このまま合羽さんを見ていれば、彼女の心が見通せるようになるだろうか。


でも、わたしには分からない。

彼女の考えていることも、今、わたしの中にある気持ちも。

合羽さんには分かるんだろうか。わたしにも分からない、この感情の正体が。

それはなんだか嬉《うれ》しくて、少し恥ずかしくて。

知ってほしいという気持ちも、知られたくないという気持ちもどちらもあって……

なんだか妙にどきどきしてしまう。

「四葉さん……」

合羽さんが囁《ささや》くようにわたしの名前を呼ぶ。

鼻の奥を女の子と汗の入り混じった、どこか爽やかな香りがくすぐる。

いつの間にかわたしの手の上に合羽さんのしなやかな指が重ねられていた。

だんだん彼女の顔が近づいてきて、それをわたしは金縛りにあったみたいに見てるしかなくて……そして――

「ん……」

合羽さんの唇が、わたしのそれに触れた。

いままでにない距離で、まぶたを閉じた合羽さんの顔を眺めながら、わたしはただただ彼女の美しさに見とれていた。

普段からメイクもほとんどしない彼女だけれど、まるで造られたみたいに睫毛《まつげ》は長く、まぶたも二重にくっきり縁取られている。

それは羨ましいと思うことさえできないくらい、綺麗で……でも普段はきりっと眩《まばゆ》い輝きを放つ瞳は今、じんわりと滲《にじ》み、不安そうに揺らめいていた。

「どうして君は、こんなに綺麗なんだ」

「え……いや、わたし、綺麗なんかじゃ」

「いいや、綺麗だよ。見た目も、心も。こんなに夢中にさせられるのは君が初めてで……私は自分を、全然、律せなくて……」

尻すぼみに言葉を弱らせ、彼女は俯《うつむ》いてしまう。

「ごめん、四葉さん。こんなこと、するつもりなかったんだ。四葉さんを困らせたくなくて、嫌われたくなくて……なのに、私は……!」

重ねられていた手が離れていく。

そこから伝わってきていた熱も、消えていってしまう。

そんな彼女を前に、わたしは——


『ダメよ、四葉』

わたしの中の天使が囁く。

『貴方《あなた》にはもう百瀬由那《ももせゆな》がいる。だから合羽凜花は選べない……それくらい分かっているでしょう?』

うん……分かってる。

でも、伝わってくるんだ。彼女の想《おも》いが。

うぬぼれかもしれない。一度、由那ちゃんに好きって言ってもらえたから、調子に乗ってるだけかもしれない。

でも……

『仮にそうだとしても、合羽凜花を受け入れることは許されない。明確なルール違反だから。もしそれを選んでしまえば、合羽凜花も、百瀬由那も、そして貴方自身も傷つけることになる。友情も、愛も失うことになるのよ』

それは……そう、だけど……

『こいつはそんなこと分かってるよ、天使』

わたしの中の悪魔が、再び現れた。

『確かにこいつが考えてんのは、最低な選択かもしれねぇ。もしも選べば、由那も、凜花も、この先ずっと等しく騙《だま》し続けなきゃいけねぇんだからな。仮に騙し続けられたとして、四葉《よつば》に降りかかる罪悪感は想像を絶するもんだろうさ』

『それでもそれが正しいって言うの!?』

『正しいとか、正しくねぇとか、そういう話じゃねぇ。目の前でこいつを想い、苦しんでいる女の子がいる。そして……それを救える、手を差し伸べられる場所にこいつはいるんだ！　だったらやることは一つだろうがッ！』

悪魔がキレた。

唐突だけれど、でも、その熱は確かに伝わってくる……！

『こいつは既に何個も世間様のルールを破ってる。周囲が遠くから見守ってきた聖域を土足で踏み荒らした。その片割れである百瀬由那を手込めにした。えんぴつ転がして難関校である永長《えいちょう》高校に入学した』

『さ、最後のは別にいいんじゃない……？』

『いいワケねぇだろ！　こいつの遊びみたいな受験で、真面目に準備してきた受験生が一人入学できなかったんだぞ!?』

お、おっしゃるとおり……。

『こいつは何人も不幸にしてきた……どうせ、これからも不幸にしていくだろう。もしかしたらその中には百瀬由那も、合羽凜花もいるかもしれねぇ……でもよ、だからこそ、今この瞬間、誰かを幸せにするってことを諦めちゃいけねぇんだ！』

『悪魔……』

『百瀬由那も、そして合羽凜花も、勇気を持って一歩踏み出した。聖域とか、友情とか、常識とか……そういう建前はいらねぇ。全ては四葉。お前がどうしたいか、どうなりたいかだ。オレは、そして天使《こいつ》は、お前が選んだ未来を全力で応援するぜ』

そう悪魔はニヒルに笑い、天使は諦めたように苦笑して――ともに、消えていく。


天使も悪魔も、キャパを遥《はる》かに超えた現実に直面したわたしの頭が、わたしの気持ちを整理するために繰り広げた茶番みたいなもので……結局二人とも正解は教えてくれない。

結局、何が正しくて、何が間違っているのか……いや、常識から考えれば、考えるまでもない話だけど……

「っ……！」

答えはまだ出てない。

でも、何か、なんでもいいから言わなきゃと顔を上げ、合羽《あいば》さんを見て……わたしは思わず息を呑《の》んだ。

いつもカッコよくて、優しくて、頼りになる合羽さん。

そんな彼女が、今、涙を流している。まるでこの世の終わりみたいに、苦しげに。

(正しいとか、正しくないとか……そういう話じゃない)

悪魔に代弁させた、それでもわたしの本音の一つ。

みんなが幸せになれる正解がなんなのか、そもそも本当にそんなものがあるのかも、わたしにはわからない。

わたしはバカだし、きっとどんなに考えたって辿《たど》り着けない。

でも、自分が今どうしたいかくらいはわかる。

「合羽さんっ！」

わたしは、離れてしまった彼女の手を自分から摑《つか》んだ。

「っ！　四葉さん……？」

「わ、わたしは……わたしは困らないし、絶対に合羽さんを嫌いになったりなんかしない！」

「ぁ……」

「わたしは……わたしは……！」

頭の中がぐちゃぐちゃして、熱い。

伝えたいことはもっといっぱいあるのに、全然言葉にできなくて、涙ばっかり出てきて
――

「ありがとう、四葉さん」

合羽さんが優しくわたしを抱きしめてくれる。

あったかくて、でも切なくて、抱きしめ返していいのかわからなくて、わたしは――

「私は、君が好きだ」

「っ……！」

今度こそはっきりと告げられたその言葉に、わたしの中でぐちゃぐちゃ渦巻いていたものがはじけ飛んだ気がした。

「四葉さんの優しさに甘えてごめん。でも、抑えられないんだ。近くに君がいて、私を見つめてくれて……まさか私自身、こんなに恋なんてものに振り回されるなんて思ってもみなかったけれど」

一度手を離したからこそもう二度と離さないと言わんばかりに、合羽さんはわたしを抱きしめる腕に力を込める。

一昨日の、紅白戦の後とは違う。

少し痛くて、苦しくて……あれだけ器用にボールを操って見せた合羽さんが、今はこれほど不器用に、本気で伝えようとしてくれている。

「好きなんだ、君が。心の底から愛してる」

その真《ま》っ直《す》ぐすぎる、情熱的な告白に、わたしは——

「は、はひ……」

完全に堕《お》とされていた。

抗《あらが》えるわけがない。こんなの抗えるわけがないっ!!

だって、わたしも……わたしも……!

「わ、わたしも……好き」

「あ……」

「凛花《りんか》さんのこと、大好き……!」

ぎゅっと、彼女の背中に手を回し、告白する。

「四葉さん……嬉しい……!」

凛花さんはそうとびっきりの笑顔を浮かべ、キスをした。

今度はさっきとは違う——わたしの存在を確かめるみたいに、じっくりと、長く……呼吸が苦しくなるくらいに。


どれくらい時間が経《た》っただろう。

名残惜しむように凛花さんが唇を離すと、透明な糸が繋《つな》がっていて——

「四葉さん。あの日、ハンカチを拾ってくれたのが君でよかった」

そう、凜花さんが微笑《ほほえ》む。

「あ……」

彼女が言っているのは、入学式の、彼女達《たち》と友達になったきっかけの——

そうだ、あの日、二人と偶然出会って、引っ張られるように友達になって、一緒に過ごすようになって——

「わたしも、凜花さんにハンカチを渡せてよかった……!」


凜花さんと、由那ちゃんと出会えてよかった。

そう噛《か》みしめながら、わたしも笑顔を返すのだった。

◇◇◇

家に帰って、家族みんなで晩ご飯を食べて、お風呂に入って、そしてベッドに入って
——
それでもまだ、ふわふわと全身を包む幸福感はこれっぽっちも抜けていかない。

まるで永遠に覚めない夢を見てるみたいだ。本当に覚めるのが怖くて、ほっぺたは抓《つね》れていないけれど。

「わたし……本当に付き合うことになったんだよね……」

恋人なんて、恋愛なんてまったく無縁の人生を送ってきた。

そんなわたしが彼氏じゃなくて彼女――しかも、由那ちゃんと、凜花さんと付き合うことになるなんて、昨日まで全然思いもしなかったことだ。

つい唇に触れると、まだキスしたときの感触が残ってる感じがして、顔が熱くなる。

（同じキスでも、人によって全然違うんだなぁ……）

由那ちゃんのキスは、何度も何度も「好き」って伝えるみたいな、ついばむみたいに繰り返すキス。

凜花さんのキスは、特大の「好き」を込めたみたいに、唇をずっと重ね続けるようなキス。

そのどちらも、二人らしくて、可愛《かわい》くて、情熱的で……嬉《うれ》しい気分にさせられる。

「……えへへ」

ああ、だめだ。やっぱりにやけてしまう。

さっきも妹達から指摘されたのに、それでもやっぱり抑えられない。

こんなに幸せで、贅沢《ぜいたく》でいいんだろうか。

それこそ今まで生きてきた中で一番……まさに人生の絶頂に立ったといっても過言ではない！

「はやく二人に会いたいなぁ……」

二人の姿を思い浮かべながら、わたしはやっぱりにやにやしてしまって……そんな幸せを噛みしめつつ、ゆっくり眠りに落ちていった。

明日から始まる、ドキドキわくわく幸せハッピーライフに想《おも》いを巡らせながら。

第三話 「そうして始まるドキドキわくわく幸せハッピーライフ」

YURI*TAMA

「わたしはなんてことをぉおぉぉおお！！？」

一晩ぐっすり眠り、しっかり頭を冷ました結果――わたしは自分がとんでもないことをしでかしてしまったと、ようやくはっきり自覚した。

翌朝、わたしは目が覚めると同時に叫んだ！

「って、始まるかーッ！！！！」

二股ッ!!

それは明確なルール違反だ！

わたしの中の天使が、理性が、駄目だって教えてくれていたのにっ！

そりゃあ二人はとっても魅力的で、そんな二人から告白されて、わたしなんかにどっちの方がいいなんて決められるわけないけど……。

だからって二股をかけていいなんてことにはならない!!

「二股ってどう思います？」とアンケートを取れば、きっと殆《ほとん》どの人が認めない的な回答

んぶりきっい思らたいてけかを股二と誰か手相のそもでそうだ。


ん殴るだろう。

もしも桜《さくら》や葵《あおい》に彼氏ができて、でもその相手が誰かと二股をかけていたら思いっきりぶん殴るだろう。


ましてや、そのクソヤロウが桜、葵の両方と付き合ってなんかいたら、次の日の新聞の一面をわたしが飾らないとも言い切れない。


「その二股を、わたしがやってる……!?」

改めて、その事実を認識して愕然《がくぜん》としてしまう。


しかも相手は聖域の二人だ。それこそ二股の事実を知れば、「明日の新聞の一面を飾ってでも」と考える人が、それなりにいてもおかしくないくらいの存在で——


「って、新聞がどうとかは今はどうでもよくて！」

一番の問題は、由那《ゆな》ちゃんを、凜花さんを、騙《だま》してしまっているということだ。

わたしの身勝手のせいで、二人を傷つけることに……!?

「ああああぁぁぁぁッ!!」

わたしはなんと言っていいか分からないぐちゃっとした感情を、ただ枕にぶつけることしかできなかった。

でも、仕方なくないですかぁ!?（逆ギレ）

いままで自分を含めた誰にも期待されない人生を歩んでいたわたしが、やんごとなき美少女に、それも二人に、正面からありったけの好意をぶつけられたんですよ!?

そりゃあ浮かれるなという方が無理な話でしょうよ！　むしろそんな状況で浮かれない人がいますぅ!?（これ以上無くみっともない逆ギレ）

……なんて、誰かに共感を求めたとしてもきっとまともに取り合ってはもらえないだろう。

「お姉ちゃん？」

「ぎゃっ!?」

突然声をかけられ、わたしは思わず身を竦《すく》ませる。

声の主は、葵だった。

葵は半開きにしたドアのスキマから部屋を覗《のぞ》いてきていて……って、いつからそこに!?

ていうか、い、いったいどこから……!?　わたし結構口に出しちゃってましたよね!?

「お姉ちゃん、いい加減朝ご飯食べてってお母さんが」

「えっ、あっ、うんっ!?」

葵の言葉に、意味を咀嚼《そしゃく》するより先に勢いだけの返事をするわたし。

そう、基本的に間家《はざま》の家事はわたしの仕事なんだけれど、仕事がお休みの日には代わりにやってくれたりする。正直、休日にはしっかり休んでほしいし、わたしがやれるのがベストなんだけど……。

そんなわけで、わたしは今日こうして惰眠も貪れたし、昨日も一日中遊びほうけていられたし……き、昨日！

あああっ！　お父さんお母さんごめんなさいっ！　わたしは二人に家事を押しつけ、その間に二股をかけるような悪い女です!!

「お姉ちゃーん……」

罪悪感に耐えきれず布団を被《かぶ》るわたしに、葵が心底呆《あき》れたみたいな、冷や水のような声を浴びせてくる。

ひっ……軽蔑されてる……!?

「ごめんなさい……ごめんね、葵ちゃん……お姉ちゃん、生まれちゃってごめんね……」

「えっ、どうしたの急に!?　葵なにかした!?　お姉ちゃん生まれてきてくれてありがとうだよっ!?」

葵はすぐにそんなことを言って慰めてくれる。

ああ、いい子だな……好き……ってオイオイ四葉《よつば》！　わたしこのやろう！

そうやって承認欲求満たされて浮かれた結果が勢い任せで自分勝手な二股に繋がったことをもう忘れたのか!?

またもや簡単に流されそうになった自身を律しつつ、しかし同時に考える。

――葵、慰めてくれたな……？

もしも葵がわたしの叫びをすべて耳にし、二股のことを知っていたなら、「本当になんで生まれてきちゃったんだろうね。お姉ちゃんみたいな二股クソ〇ッチ、間家の恥だよ♡」と言われてもおかしくない。

いや、葵は〇ッチなんて品の無い言葉は使わないけど！

でも多少の敵意さえも無いということは……もしや、聞かれていない？

「葵ちゃんッ!!」

「な、なぁに、お姉ちゃん？」

あ、少し怯《おび》えられてる。

「お姉ちゃん、何か寝言とか言ってなかったかなぁ？　ね、寝言ね！　あくまで寝言なんだけど！」

「寝言ぉ……？」

こてっと首を傾《かし》げる葵。

その妹の可愛らしい仕草を見て、わたしは脳内でガッツポーズを掲げた。

よし！　聞かれていない！　とりあえず家族バレは回避――

「そういえば、ふたまたがどうって……え？　二股？」

ほひっ!?

葵は顎に人差し指を立てながら振り返り、そして二股というワードを思い出すと訝《いぶか》しげな視線を送ってきた。

ま、まさか藪蛇《やぶへび》というやつでは……？

わたしが余計なことを聞かなければスルーしてもらえてたのでは……!?

「お姉ちゃん、二股ってなんのこと？」

「や、やだなぁ葵ちゃん！　寝言に意味なんてないよぉ」

「でも寝言言ってないか聞いてきたってことは、なにか聞くだけの心当たりがあったってことだよね」

うぐっ……！　名探偵ばりに追い詰めてくる葵ちゃん。心なしかその目には光が灯《とも》っていない感じがする。

「お姉ちゃん？」

「あ、えぁ、そのぉ……ちょ、ちょっとね！　美少年に二股かけて挟まれてうはははははっみたいな夢見ちゃってぇ……ま、まぁあくまで夢、なんだけどねっ!!」

テキトーに誤魔化そうと思って口を回した結果、ニアミスなことを口走ってしまうわたし。

ただ、わたしの話を聞く葵ちゃんの目は相変わらず冷ややかだ。

ごめんなさい。しょうもない妄想《ゆめ》を見るお姉ちゃんでごめんなさい。

でもね、たちの悪いことに、本当は妄想じゃないの。相手は美少年じゃなくて、スーパーウルトラ超絶美少女だけど。

「……お姉ちゃんも疲れてるんだね」

同情と呆れが混じったような溜息《ためいき》を吐《つ》く三女（三つ下）。

「でも二股はちょっと良くないと思うかなー」

彼女としては、姉の悲しすぎる妄想に対して必死になんとか絞り出した感想だったのだろう。


でも、葵よ。

その感想は姉に効く。

◇◇◇

「ああ、胃が痛いぃ……」

さらに一日が過ぎて、月曜日。

確かな腹痛に呻《うめ》きながら、わたしは通学路を歩いていた。

答えが出ないまま、二人にどんな顔して会えばいいか分からないまま……それでも、月曜日はやってきてしまう。

正直、休みたいという気持ちもあったけれど、わたしが仮病で寝込めば、両親・妹達《たち》の朝ご飯もお昼のお弁当もなくなっちゃうからそれもできなくて……わたしは不良にはなれないと思い知った朝だった。二股はできるけど。

「とりあえず……特に連絡は来てないし、いつも通りでいいのかな……」

わたし達は毎朝、決まった場所で待ち合わせをしていた。

わたしの家から永長《えいちょう》高校はちょっと面倒な場所にある。

徒歩だと40分くらいの距離なんだけれど、電車やバスは無駄に遠回りになるルートしかないし、結果歩くのが一番……

え？　だったら自転車に乗れって？

乗れませんけど？　高校生にもなって自転車乗れませんけどなにか!?

自転車の乗り方なんて義務教育でも教わってないし！　そもそもあんな自立もできない不安定な乗り物に乗れる方がおかしいのだ！　うんち（運動音痴の略）舐《な》めるなよっ!!

まぁでも、どうせ朝ご飯や弁当の準備で早起きしてるし、30分くらいで二人の通学路とも合流するおかげで、10分くらいは一緒に登校できるし、むしろ役得くらいに思っていたんだけれど……今日ばかりは足が重たく感じてしまう。

最悪、わたしが二股をしているという悪行も、すでにバレているかもしれない。

その場合、出会い頭で二人から責められる可能性も……うう、そりゃあそもそも悪いのはわたしなんだけど……

「おはよー、四葉ちゃん」

「おはよう、四葉さん」

「いひぃっ!?」

突然両肩を叩《たた》かれ、思わず悲鳴を上げてしまうわたし。

振り向くと、声をかけてきたのは当然由那ちゃんと凜花《りんか》さんで――うだうだ考えているうちにいつの間にか待ち合わせの場所についていたらしい。

正直全然心の準備ができてなかったんだけど……でも二人には、それこそ二股の事実がバレているような険悪な感じはまったくなくって、わたしは心の中でホッと胸をなで下ろした。

「どうしたの、四葉ちゃん。変な声出して」

「う、ううん！　なんでもないっ！　おはよう、由那ちゃん、凜花さん！」

わたしは、奇声とさっきまでの鬱屈した感情をごまかすように、勢いよく挨拶を返す。

二人も笑顔でそれを受け取り――しかし、すぐにそろって首を傾げた。

「凜花さん?」「由那ちゃん?」

「え?……あっ！」

（しまったぁぁぁっ!?）

気の緩みでうっかり、二人を下の名前で呼んでしまった！

名前で呼ぶようになったきっかけは恋人同士になったからで、それが二人ともいきなりなんじゃ……!?

名前で呼ぶっていうのは、まるで二人ともと付き合ってますって宣言してるみたいなもの
「え、ええとねっ。ほら、二人もわたしのこと名前で呼んでくれてるし、わたしも二人のこと名前で呼びたいなぁって思って！　つい、そんな感じで！」

「へぇ、いいんじゃない？　ね、凜花」

「ああ、そうだね、由那《ゆな》」

やめて！「まぁ、あたし（私）のついでだけどね」みたいな、妙に勝ち誇ったような視線をお互い飛ばし合うのはやめて!!


……と、いうわけで、どうやら二人はお互いに、わたしと付き合うことになったことは話していなかったらしい。

由那ちゃんが凜花さんの、凜花さんが由那ちゃんの気持ちに気づいていたのかは分からないけど……とにかく、即バレという最悪の事態は免れたみたいだ。

そして同時にわたしは二股を隠し通さなければならないことが確定した。咄嗟《とっさ》とはいえ明らかな嘘《うそ》をついて誤魔化してしまったのだから。

「っと、そろそろ行かないと遅刻しちゃうよ。なんだか今日、四葉さん遅くなかった？」

「え？　ええと、ちょっと寝坊しちゃって」

嘘に嘘を重ねつつ、苦笑するわたし。うう、ものすごい罪悪感が……。

「それじゃあ、急ぎつつ……！」

由那ちゃんはそう囁《ささや》くように言うと、左腕を、わたしの右腕に絡ませてきた！

「ちょ――」

こんなの、もしも凜花さんに見られたら……！

思わず声を上げそうになってしまうけれど、声を上げればそれが気づかれる原因になってしまう！

あいにく今はわたし自身が壁になって隠せているからいいけど、このままじゃ……と、思いつつも、温かくて柔らかい由那ちゃんの腕を自分から振り払うには相当の決意が必要で……。

ああ、なんじゃこの可愛《かわい》い生き物は！　あったかいしいい香りだし柔らかいし……

「ひう――」

なんて由那ちゃんに意識を向けてると、今度は左手ぇっ!?

しなやかですべすべした指が、わたしの左手に絡まってきた。恋人繋《つな》ぎってやつだコレぇ!?

当然それは凜花さんによるもので、顔を向けると彼女はパチッと綺麗《きれい》なウインクを飛ばしてきて――

正直、このとてつもない緊張感がなければ腰が砕けていたかもしれない……！

でも、ここで倒れるわけにはいかない！　うおお頑張れ耐えろ間四葉《はざまよつば》――

「四葉ちゃん」「四葉さん」

二人が同時に、わたしの名前を囁く。

風が吹けば消えてしまうくらいの、わたしにしか聞こえない声で。

「二人だけの内緒、ね？」

「二人だけの秘密だね」

右から、ちょっと大人びたお姉さんっぽい響きの可愛らしい声が。

左から、少し照れた内気な女の子っぽい雰囲気の凛《りん》とした声が。

熱くて、甘くて、危険な想《おも》いが込められた言葉が。

わたしの思考を溶かそうと容赦なく襲いかかってくる。

「う、あ、へへ……な、なんだか今日は暑いね……へへ」

気を抜けば思い切りにやけてしまう。それほどに、今のはヤバかった。

嬉《うれ》しくて胸が高鳴る。今すぐ大好きって叫びたくなる。

でも、もしもバレたら……とヒヤヒヤする気持ちもあって。

わたしは必死に、何事も無かったかのように笑顔を浮かべるしかなかった。


そして改めて理解した。

二人の気持ちは、本物だ。

今まで友達として過ごしてきた時間があるからこそ、うぬぼれではなく、二人から向けられる感情が『友達に対するもの』から、『恋人に向けるもの』に変わってるとわかってしまった。

もしも、そんな二人が、わたしのやってることを知れば、絶対に傷つけてしまう。

そしてこの先、誰かを好きになるということに臆病にさせてしまうかもしれない。

あの時、いや、昨日から今まで、ずっと……わたしは自分のことばかり考えていた。

二人から責められるとか、嫌われるとか……そんな、自分に降りかかることばかり。

(でも、違うんだ。わたしのせいで、二人がつらい思いをするなんて……)

勢いだったとはいえ、わたしだって二人のことが好きだ。大好きだ。

間違いだらけで、最低な行為だとしても、わたしは一度選んでしまったからには、貫き通さないといけないんだ……！

わたしがバカで、最低なことに変わりはない。

でも、いつか隠しておけなくなる、または奇跡的に隠しておかなくてよくなるその日が来るまで……！

（隠し抜くんだ……この二股をッ!!）

二人のためと言うにはあまりにわたしに都合の良い話なのは確かだけれど、

「んふふっ♪」

「えへへ……♪」

ただ一緒に歩いているだけなのに、嬉しそうにしてくれる彼女達を前に、わたしはより決意を固いものにするのだった。

◇◇◇

そして、わたしの人生を変えた運命の日から数日が経《た》ち、わたしの生活は驚くほどに一変――してもなかった。

一番恐れていたのは、二人への二股がバレてしまうこと。

二番目は、聖域ファンの人達にわたしがその聖域を崩壊させてしまったと露見すること。前者なら言わずもがな、後者でもわたしは学校に居場所をなくすだろうし、間違いなく二人への二股バレにも繋がる。まぁ、誰にもバレちゃいけないってことだよね、当然。ただ現状、発覚に繋がりそうな劇的な変化は起きてはおらず、わたしもなんとか社会的に死なずにすんでいた。

こうなっているのはわたしが頑張ってるから……というより、由那ちゃんも凜花さんも、それぞれわたしとの関係を周囲に隠してくれているからというのが大きい。

女の子同士で付き合うというのは世間的には普通じゃないし、付き合ってるのを公表することで、わたしに奇異の目が向けられることを危惧してくれているみたい。

『四葉ちゃんの可愛さに世界が気がついたら一大事だしっ！』

『どこかの石油王に目でもつけられて君が攫《さら》われてしまったら……考えるだけでつらい……』

そんな冗談としか思えないことでも、本気で言われればどうにも否定しづらい。

でも、確かに世界に見つかってしまえば（悪い意味で）一大事だろうし、どこぞの金持ちには（命を）狙われる可能性だって出てくるかもだし。

そういう意味じゃ関係を隠すことはメリットしかないんだよなぁ！　二人の優しさにただただ感謝だ！

「四葉ちゃん、帰りの準備できた？」

「あ、うん。できたよ」

放課後、由那ちゃんにそう声をかけられ、反射的に頷《うなず》く。できたと言いつつ慌てて机の中の教科書類をカバンに詰めるのだけど。

「じゃあいこっか」

「あれ、凛花さんは？」

「凛花は日直。日誌書いたり色々あるから、終わるまで休憩スペースで待ってよ」

「あ、うん」

そう由那ちゃんに手を引かれ、慌ててカバンを担いだ。

わたし達《たち》三人の関係で起きた変化は大きく目立つものじゃないけれど、確かに有る。

一つ目――わたしが二人のことをそれぞれ名前で呼ぶようになったこと。

関係を隠すなら名前呼びも控えた方がいいんじゃゃ……と、そう考えたわたしだけれど、この案は一瞬で却下された。

『せっかく恋人になれたのに今更名字呼びなんて寂しい……』

『四葉さんが私を名前で呼んでくれるだけで、繋がってるって思えるんだ』

なんて、それぞれから言われてしまえばもうわたしに反撃の手は残されてはいなかった。

もちろん二人を名前で呼ぶのはわたしにとってもなんでもないことじゃない。毎回呼ぶ度に意識しちゃって、そのせいで声が裏返っちゃったりしないか気にしてたりする。実際たまに裏返っちゃうし。

ちなみに、元々わたしと二人の友好関係も快く思っていなかったアンチ間四葉派のみなさんは敏感に名前呼びに気がつき、「間四葉のヤツ、調子に乗って聖域様を下の名前で呼んでやがる……死すべし」みたいな鋭い視線を飛ばしてくるようになった。怖い。

そして二つ目——むしろこちらの方が大きな問題なのだけれど、由那ちゃんと凜花《りんか》さんが二人でいる時間が減ったことだ。

前までは、どっちかに用事があるとき、手伝ったり、手伝えないことでも同じ教室とかでおしゃべりしながらやったりみたいなのが殆《ほとん》どだった。

でも最近は、その用事が終わるのを別の場所で待って、残りの二人で過ごすことが増えた。

今日もそうだ。さすがに置いて帰ったりとかはないし、二人も互いの行動に不信感を持ったりとかはないみたいだけど……。

「やっぱりもう夏ねぇ……夏服でも暑いぃ……」

中庭に設置されたテーブルにぐだっとうつ伏せになりつつ、由那ちゃんは実に脱力しきった声を漏らす。

「はい、由那《ゆな》ちゃん。ジュース」

「わぁ……ありがと四葉ちゃんっ！　大好きっ！」

「わわっ!?」

すぐそこに設置された自販機で買った缶ジュースを差し出すと、由那ちゃんが感動したように抱きついてきた！

抱きついたら余計暑くなっちゃう気がするけど……まぁ、わたしとしても役得なので野暮は言わないことにする。

ていうか、本当に同じ生物なのかと疑いたくなるくらい汗はさらさらしてて、香りも最高で……って、ここ、学校!!

「ゆ、由那ちゃん!?　誰かに見られたら……」

「大丈夫よ。あたし、結構視線には敏感だから。それに見られても友達同士のスキンシップにしか見えないでしょ」

「そ、そうでしょうか……？」

「それにぃ……せっかく四葉ちゃんと二人っきりなのに我慢なんかできないもん！　ああ、どうして四葉ちゃんはこんなに良い抱き心地なのかしら。ほどよくムチムチで、おっぱいも大きくてっ」

「おっぱい……」

「隠れ巨乳ってやつかしら。凛花も大きいけれどそれに迫るくらい……むぅ、ブラジャー越しなのがもったいないわね。でも、本番への期待が高まるからこれはこれで良し！」

「ほ、本番、って……!?」

鼻息を荒くしながらわたしの胸を揉《も》みしだいてくる由那ちゃん。

その手つきはやけにえっちで……わたしは口から出てこようとする普段とはまったく違う吐息を必死に押し殺す。

「な、なんか……手慣れて、ない……？」

「んっふっふっ。なんたって凛花のおっぱいをああまで成長させたのはこのあたしだからねっ」

り、凛花さんの胸を……！

凛花さんはそれはもうグラマラスな胸をお持ちだ。スポーツするときには邪魔だとぼやくほどで、愛用のスポブラはできるだけ暴れないようにきつめのものを選んでいるらしい。もう言ってることがえっちだ。

そんな凛花さんのえっちな胸を由那ちゃんが育てたということは小さい頃からお揉みになっていたということで——想像しただけで鼻血が出ちゃいそうになる。

「嫉妬した？」

「え？」

「あたしが凜花のおっぱい揉んでたって」

そう言われて、「確かに」と思うわたし。

こういうのはアレだ。付き合っている相手から元カノの話を聞かされるっていう感じに似ているのかもしれない。

でも、あまり悔しさはないな……？　よくよく考えれば凜花さんも今カノなわけで。

由那ちゃんの話は、つまり今カノと今カノがイチャイチャしてたって話だもんな。

嫉妬よりも、むしろ妙な罪悪感が——

「安心して、四葉《よつば》ちゃん」

「え？」

「これからは四葉ちゃんだけだから。大好き。愛してるわ」

わたしの胸を揉みながら、ぐっと身体《からだ》をすり寄せ、耳元で色っぽく囁《ささや》く由那ちゃん。

これ本当に学校での出来事ですよね？　と、改めて疑いたくなるくらいの熱烈なアプローチを受けながら、外気の暑さも相まってすっかり汗だくになってしまうのだった。

◇◇◇

そしてまた別の日。

今度は由那ちゃんが委員会の仕事で拘束されているため、わたしと凜花さんは教室で終わるのを待っている。他の生徒の姿はなく、二人きりだ。

「手伝わなくて大丈夫かなぁ……？」

「大丈夫さ、由那なら。むしろ私達が行ったらおしゃべりで邪魔をしてしまうし」

机を挟んだ向こう側で、にこにこ楽しげな笑顔を浮かべる凜花さん。

実際彼女の言うとおりなんだけど、でもこれまではそうしてたし……と思いつつ、二人きりという状況にはどきどきしてしまう。

由那ちゃんとの時もそうだったけれど、一番たちが悪いのは、結局わたしもこういう状況を甘んじて受け入れてしまっているということだ。

基本受け身のスタンスで、二人が引っ張ってくれるのに甘えて……本当にわたしなんかがそんなことしていいのかって思うけれど。

「ふふっ」

「えっ、ど、どうしたの？」

「いや……幸せだなぁって思ってね。今も頑張って働いている由那には悪いけれど」

凜花さんはそうしみじみと言いながら、真っ直《ま》ぐ《す》わたしを見つめてくる。

どこかうっとりした様子の彼女の目は、明らかに普段のものとは違う、恋人に向けるそれだった。

　はっきり分かってしまうのは凛花さんが視線に感情を乗せるのが上手《うま》いからだと思う。

そして余計に照れくさくなるのだ……。

「そ、そんなに面白いですか……？」

「面白いじゃなくて、愛《いと》おしい、かな」

　恥ずかしげもなく言い切りなさる！

「ああでも、今日の体育の四葉さんは確かに面白かったかも」

「あ、あれは、えーと……あはは」

　凛花さんのからかうような言葉に、わたしはつい苦笑する。

　体育×間《はざま》四葉は鉄板のコラボレーションだ。あまりにも滑稽で、でも当たり前になりすぎて、自分でも慣れてしまうくらいに。

「あ……ごめんっ！　決して四葉さんをバカにしたわけじゃなくて！」

「いいよ全然……特に今日は長距離だったし、凛花さんには何周も差つけられちゃったわけだし」

　びゅんびゅん風を切って走る凛花さんの背中と揺れるポニーテールを何度見たことか。

　その凛々《りり》しくたくましい背中に見とれながらも、歩いてるのと変わらないんじゃないかってくらいでしか走れない自分がただただ情けなかった。

実際、凜花さんは1000メートルをだいたい3分半くらいで走りきっていた。当然クラストップだ。

対し、わたしは倍の7分以上かかった。当然クラス最下位。

最後、100メートルトラックに一人残され、衆人環視の中一人よぼよぼ走らされるのは何かの罰ゲームみたいでした。まぁ、誰もわたしなんか見ることなくおしゃべりに興じてただろうけど。

「不謹慎に聞こえるかもしれないけど、私は四葉さんの走ってる姿が好きなんだ」

「そんな……好きになる要素あります？」

「たくさんあるよ。君はいつでも一生懸命だからね。結果は伴わなくても、その姿は美しい」

学年トップのスポーツエリートから言われてると思えば皮肉っぽく思えるのに、でも凜花さんから言われてると思えばただただ嬉《うれ》しくなってしまうから不思議だ。

「表情もころころ変わって見ていて飽きないし、結果がどうであれ諦めずに走り続ける姿も実に君らしくて……つい張り切って、さっさと周回を終わらせ、君の姿をじっくり眺めていたいと思ってしまうんだ」

「そんな理由で……」

「私にとっては何より大きな動機だよ。それに良い結果を出せば君が褒めてくれる。むしろ張り切らない理由を探すのが難しいくらいさ」

　そう言って彼女が浮かべた微笑は、これまでのものと少し違って、わたしはつい苦笑してしまう。

　ここ最近——いや、出会ってからこれまでの積み重ねで、彼女が何を求めているかはすぐに分かった。

「本当に凄《すご》いよ、凜花さん」

「ん……」

　彼女に手を伸ばし、頭を撫《な》でる。

　よく手入れされたさらさらの髪が指に絡んで気持ちいい。

　でも凜花さんは私よりもずっと心地よさそうに頬を緩めていた。

「えらいえらい」

「……その言い方はちょっと子ども扱いしすぎじゃないかな」

　凜花さんは抗議するみたいに頬を膨らますけれど、わたしの手を払いのけたりはしない。

　彼女らしくない子どもっぽい仕草だけれど、実際に見てみれば様になって見えるのは、きっと彼女の気質的にこっちの方が合ってるからなんだろう。

　まるで猫みたいに、気持ちよさそうに机に寝そべる凜花さんは、どこか夢見心地に目をとろけさせながら、手を伸ばし——

「ひうっ!?」

なぜかわたしの胸をつついてきた!?

「にゃっ……なに!?」

「ごめん、つい」

口では謝りつつも、つんつん制服越しにわたしの胸をつつき続ける凜花《りんか》さん。

いや、誰かみたいに思い切り揉みしだかれるよりはいいけれど……これはこれでくすぐったいというか!

「ちょ、りん、やめっ」

「ああ、私の胸についているのが四葉さんのものだったら良かったのに。そうすれば毎晩ベッドに入ってから君を感じて気持ちよくなれる」

「言ってる意味がよく分かりませんが!?」

凜花さん、ぼーっとしすぎて多分自分でも何言ってるか分かっていないパターンのやつだ!

わたしはすぐに彼女の頭から手を離す。

「あ……」

凜花さんが少し寂しげな声を漏らしたけれど、ぐぅ……! これは凜花さんのためなんだから!

意外と天然というか、無防備で幼い姿を見せることも珍しくない凜花さんだけど、それを後で省みて落ち込んでしまうことも珍しくない。

一度そうなってしまえばわたしや由那《ゆな》ちゃんが何を言っても中々元気になってくれなくて……だから一番大事なのは事前に押さえ込むことなのだ。

「そういえばさー！………い、いい天気だよね、今日！」

「え？　あ、ああ、そうだね……？」

会話の引き出しのなさにむしろわたしの方が絶望しそうだ。

ただ、無理やりなんてもんじゃない強引な話題逸《そ》らしを強行したおかげで、会話の流れは正常なものへと修正できた。

ほんのちょっと、凜花さんからわたしへの気遣いみたいなのが感じられてそれはちょっと腑《ふ》に落ちなかったけれど。

「あっ。そうだ、四葉さん」

凜花さんは突然何かを思い出したみたいに顔を上げ、わたしの手を握ってきた。

不意打ち的なボディタッチについドキッとしてしまうわたしは、「なんでしょうか……」と自分でもぎりぎり聞こえる程度の、蚊の鳴くような声で返事するので精一杯だった。

「今度の土曜日、デートしないかい？」

「ふぁぇ……？」

「私達《たち》が恋人になってちょうど一週間。記念日に二人きりで……どうかな？」

情熱的に両手でわたしの手を握り込みながら──しかし、どこか不安げに、こっちの反応を窺《うかが》うみたいに。

そんな些《さ》細《さい》な仕草の中に秘められたギャップに、つい胸がきゅんとしてしまう。

「私とじゃ、嫌……かな？」

「そ、そんなことないっ！　嬉しい！　嬉しいですっ！」

不安が勝り、捨てられた子犬みたいなか弱い瞳が潤んだ瞬間、わたしは反射的に叫んでいた。

「本当かいっ！　ははっ、勇気を出して良かった……ありがとう、四葉さんっ！　大好きっ！」

「え、えへ、へへへ……」

抱きしめられ、そのたゆんたゆんな胸に顔を埋《うず》めながら、わたしはぎこちなく笑う。

母性溢《あふ》れるこのお胸様にすべてを委ねてしまいたい気持ちはあるけれど、でも、同時にどうしても考えてしまうのだ。

凜花さんと付き合って一週間の記念日ということは、同時に、由那ちゃんともそうなんだって。

第四話「ＶＳダブルブッキング！」

二股を隠し通すという覚悟を固めたわたしは、それからなにもせずにぼーっとしていたわけじゃない。

無い頭を必死に回し、なにかできることはないかと模索した結果、辿《たど》り着いた対策方法は、『ラブコメマンガを読むこと』だった。

もちろん、家族（特に妹達）にそんなものを読んでいることがバレればあれこれ詮索を受けることは不可避だけれど、最近は電子書籍というものがあって家族にバレることなくスマホ一つでマンガが読めてしまう。

わたしはレビュー評価の高い二股、ないしはハーレム系のラブコメマンガを読み漁《あさ》った。

マンガから勉強するなんておかしな話かもしれないけれど、既にわたしを取り巻く状況がマンガみたいにはちゃめちゃなものなのだから逆に合っている気がしたのだ。根拠なんかないっ！

そんな勉強の末に、わたしはいくつかお約束を知った。

その一つが『ダブルブッキング』である。

恋人とデートの約束をした主人公は、うっかり別の恋人とも同じタイミングでデートの約束をしてしまう。

主人公は二股がバレないように二つのデートを同時にこなそうと奮闘する。例えば、映画の最中や買い物での試着途中、トイレに行くフリとか、様々な方法で二人の恋人の間を行き来するのだ。

うっかり恋人同士が出くわしたり、知り合いに見られたり……そんなドタバタな展開に、読者からは「いつバレるかハラハラした」とか、「ガバガバすぎて笑った」みたいなコメントが寄せられていて――

でも、実際に二股をしているわたしは笑えなかった。

このハラハラもガバガバも現実になる可能性は十分にあるのだ。だって、由那ちゃんも凜花さんも、わたしに別の恋人がいるなんて知らないんだから。

凜花さんが誘ってくれた付き合って一週間の記念デート……この日は由那ちゃんにとっても付き合って一週間なのだ。

わたしだって一応は女子だし、そういう記念日のひとつひとつを大事にしたいという気持ちは当然ある。

だから、もしかしたら由那ちゃんからも、土曜日のデートに誘われるかもしれない。

そのとき、わたしは毅然《きぜん》とした態度で断れるだろうか…………いや、絶対無理だ。

ただでさえ二股している後ろめたさがあるのに、そのデートを断る理由をとっさにでっち上げるのはどう考えても厳しい。

そもそもわたしにそんな理性的で強固な意志が備わっていれば、こんな状況にはなっていないし、もっと上手《うま》くやれた……かもしれない。わからないけど。

これまでの経験からわたしが自身を持って言えるのは「真っ向から誘われれば絶対に断れない！」ということだけだ。本当になさけないけれど。

そしてもしもダブルブッキングが現実になれば、マンガの主人公みたいに機転を利かせて乗り切るなんて、わたしにはとても無理だ。五分でバレる自信がある。

そしてバレれば……当然、二股している事実も明らかになってしまう！

だからわたしは、ダブルブッキングを絶対に回避するために、ある作戦に打って出ることにした……!!


そして運命の土曜日――

わたしは約束の一時間前に駅前広場にやってきた。

「ふぅ……」

心を落ち着けようと、何度も深呼吸を繰り返す。

大丈夫、時間はある。そのために一時間も早く来たんだから。

スマホのインカメで前髪が変になっていないか入念にチェックする。

服装は今更確認しても仕方ないけれど、ゴミとかついていないかは一応見て……っと。

今日のコーデはオフショルダーのブラウスに長めのスカート。葵《あおい》に「お姉ちゃんなら絶対似合うよ！」と乗せられて買ったものだけれど、微妙と称される自分のファッションセンスを信じるよりはずっとマシだ！　肩が少し出ているのは、ちょっと恥ずかしいけれど。

「あと50分……大丈夫、まだ大丈夫……」

緊張でどうにかなりそうだけれど、これだけ時間があれば大丈夫なはず。

そう思いつつ、景色を眺めて落ち着こうとスマホから顔を上げ——

「あ……」

死んだかと思った。

いや、それはないけど、でも、それぐらいの衝撃だった。

彼女は、冗談や誇張なんかじゃなく、本当に光り輝いて見えた。

大人っぽいペプラムトップス、そしてプリーツパンツをスタイリッシュに着こなした姿はただただカッコいい。

一歩歩く度に黒いポニーテールが揺れ、太陽の光をはじいて七色に煌《きら》めいている。

まるで天然のスポットライトを浴びてるみたい――わたしは、彼女から目を離すどころか瞬《まばた》きも忘れ、ただただ見入っていた。

そんな彼女はゆったり歩き、広場にいたたくさんの人の視線を集めながら、わたしの目の前で立ち止まる。

そして、少し気恥ずかしげにはにかんだ。

「……やあ、四葉《よつば》さん」

「ま、まだ待ち合わせまで50分もあるのに」

「その、早めに着いて落ち着けたらと思ったんだけど」

そう彼女――凛花《りんか》さんは頬を掻《か》いた。

その仕草は明らかに緊張を表していて、わたしはつい目を丸くしてしまう。

「凛花さんも緊張してたの……!?」

「そりゃあ、そうだよ。だから早く来たのに……まさか先に君がいるなんて」

「ご、ごめんなさい……っ！」

「いや謝ることなんか……こちらこそ、ごめん！」

なんて、わたし達はなぜか互いに謝っていた。

こんなデートのオープニング、きっと変だ。でもこの行き当たりばったりなところがちょっとわたし達っぽい。

なんたって勢いで告白し、されてできたカップルなんだから。

「あはっ」

「ふふっ」

わたし達はお互い顔を見合わせて笑う。緊張なんて吹き飛ばすくらい。

「すごく可愛《かわい》いよ、四葉さん」

「凜花さんこそ、本当に綺麗《きれい》」

そうお互いにどストレートに褒め合いながら、わたし達の初デートは始まった。

◇◇◇

わたし達は恋人同士だけれど、秘密の関係だ。

今日のデートは学校から五つ離れた駅周辺でと決めていた。

そこそこ遊ぶ場所はあるけれど、近くには別にもっと栄えたザ・都会な場所もあるし、わざわざ休日の遊び場にここを選ぶ人は少ないはず……と、思ってはいるけれど、わたし達、否、凜花さんを知る生徒と出くわす可能性もある。

だから今日は恋人というよりも、一応友達同士っぽい距離感でのデートと決めていた。

少し窮屈かもだけれど、いきなりもっと遠くに行くのはちょっとハードルが高いし、恋人同士って思うともっと緊張しちゃうし……という感じで、こんな形に落ち着いた。

そもそも二人きりで遊びに行くなんてこと自体初めてなのだ。友達だろうと恋人だろうと、緊張しちゃうのはもうどうしようもないのである！

「それじゃあ、行こうか」

「は、はい！」

何気ない一言でも、それがわたし一人に向けられてると思うだけでドキッとしてしまう。

友達同士の距離感ということで、手を繋《つな》いだりはしないからまだ――ッ!?

「ひゃぇっ!?」

「こ、これくらいいいだろう？」

偶然じゃなかった……？

というのも並んで歩く凜花さんの右手の小指がわたしの左手の小指に触れて、すこし撫《な》でたのだ。

ただそれだけのことなのに凄《すご》く意識してしまって……見れば、彼女の頬もうっすら赤くなっていた。

「う、うん。そうだね……これくらいなら……と、友達でも全然、ある、し？」

「そ、そこまで照れて言われるとものすごくいけないことをしてる気分になるんだけど……」

そう口元を左手で隠しながらぼそぼそ呟《つぶや》く凜花さんは、おそるおそるといった感じで再びわたしの小指に触れる。

わたしも心臓をばくばくさせながら触り返して、撫で合って……少し絡めてみたり。

そんな小指同士のスキンシップだけでも、町を歩きながらだとすごくいけないことをしている気分になってしまって……。

わたし達《たち》は目的の場所まで歩きながら、それ以上一言も言葉を交わすことができなかった。


そんなこんなでやってきたのはＷＥＢニュースの特集にも載ったくらい人気のカフェだ。

今日のデートコースは、ランチとショッピング。それらをしながらおしゃべりを楽しもうというメニューである。

実際わたしも凜花さんも誰かとお付き合いした経験なんかなくて、探り探りの中決めたので大した内容ではないと思う。

でも、ただおしゃべりというのも中々難易度が高くないだろうか。だって、どうしたって意識しちゃうし……。

可愛くも落ち着いた装飾が施された店内に入れば、席の殆《ほとん》どが女の子同士か男女カップルのお客さんで埋まっていた。

　この中にわたし達みたいな女の子同士のカップルはいるんだろうか……と思いつつ、店員さんの誘導に従い席へとつく。

「へぇ……なんか新鮮な気分だなぁ」

「あ、もしかしてこういうところ嫌だった……？」

「いやいや、全然。むしろ嬉《うれ》しいというか……由那《ゆな》と遊びに行くといっつも肉類を食べたがるから」

　まるでお上りさんみたいに店内をきょろきょろと見渡しつつ、凜花さんがはにかむ。

　あー、確かに由那ちゃんは肉食系女子（変な意味でなく）だからなぁ。

　このお店はわたしチョイス。とはいえこれまでに来たことがあるわけじゃなくて――

「なんとなく凜花さん、こういうお店好きかなって」

「だから連れてきてくれたんだ。嬉しいなぁ！　ありがとう、四葉さんっ」

「い、いやぁ……あ、ぼーっとしてないで注文決めちゃお！」

　ランチメニューを二人で見られるように広げながら、わたしはこっそり凜花さんの方を覗《のぞ》き見る。

　このお店を選んだのは、人気のお店っていうのと、凜花さんが気に入りそうだと思ったのと……あと、こういうお店にいる凜花さんを見てみたかったから。

　好奇心に似てるけどちょっと違う。

大人っぽくて、可愛らしい彼女は、カフェの大人っぽさと、女の子に人気な可愛らしさの両方を持ったこのお店にベストマッチする気がしたんだ。

「ランチも結構色々あるんだね……どれも美味《おい》しそうで迷っちゃうな」

そして、そんな予感は大正解だったみたい。

きらきら瞳を輝かせながらメニューをひとつひとつ吟味する彼女を眺めているだけでお腹《なか》いっぱいになりそうな気がした。

SNS映えしそうなおしゃれなランチプレートと何十回でもリピートしたくなるオリジナルブレンドティーを堪能したあと、わたし達は駅近唯一のファッションビルにやってきた。なんでも凜花さんが見たいものがあるとか。

「実は少し持ってる下着がきつくなってきてて……」

「え」

まだまだ成長してるんですか、そのお胸……？

「由那と一緒の時にそういう話をすると露骨に嫌がられるんだ」

「まぁ、由那ちゃんはね……分からなくもないかな……」

由那ちゃんは凜花さんと比べれば胸は慎《つつ》ましやかだ。

とはいえあまり嫉妬している感じは出さないけれど……さすがにまだまだ成長している

と聞かされれば思うところがあるのかもしれない。

「でも今日は四葉さんが一緒だし、せっかくだからお揃《そろ》いのとか……どうかな？」

お揃いの、下着……!?

なんだその素敵な響きは!?

「は、はい！　ぜひ!!」

わたしは頭がその言葉を理解すると同時に激しく頷《うなず》いていた。

凜花さんとお揃いの下着をつける……なんかそれって――

「良かった。でも、お揃いの下着をつけるなんて、いつも四葉さんがそばにいるみたいでドキドキしちゃうなぁ」

……実際に口に出されるとものすごく恥ずかしいので、やめてほしいです。はい。


結果だけ言おう――凜花さんのサイズはわたしより二つも上でした。

本当に同い年？　わたしも小さくはないいんじゃないかなぁと思っていたんだけど、はっきりサイズ差を見せつけられてしまうと……うん。

そりゃあわたしなんて元々誰からも話題にされない程度の存在だし。わたしの胸もまた、貧でも巨でもない中途半端にしかなれないのだ……。

なんて、ちょっと落ち込むわたしだけど、お揃いのデザインが買えて嬉しそうにお店の袋を抱きしめる凜花さんを見れば、わたしの考えていることなんてどうでもいいと思えた。

それに、あの中にはわたしが買ったのとお揃いの下着が入ってるんだもんな……なんか、それもそれでドキドキしてしまう。

ほ、本当に凜花さん、着るんだろうか……？　なんか、わたしが着るよりもずっとそっちの方が恥ずかしくて耐えられないかもしれない……！

なんて思いながらも、なんだかんだお揃いの下着を購入できてテンションを上げたわたし達は、そのまま目的も無く、衝動のままにいろんなお店を見て回った。

可愛い洋服にアクセサリー、小物類。きらきら光る化粧品。

こうやって目的もなくぶらぶらするなんて初めてかもしれないけれど、色々なお店の入ったビルの中はまるで宝箱みたいで――

わたし達はいちいち足を止め、意味もなくわいわいはしゃいだ。

文字通り、時間も忘れて。

「あー、お腹減った……」

「ははっ、もう真っ暗だね」

散々喋《しゃべ》って笑い疲れたわたし達がファッションビルを出たときにはもう陽《ひ》は落ちきっていた。

晩ご飯を食べるのにはちょうど良い時間だけれど、女子高生の懐事情はいつでも北極圏。

下着が結構いい値段したというのもあり、後半は冷やかししかできなかったし、晩ご飯なんてもっての外だ。

「今日だけでこんなに欲しいものが増えるなんて思わなかったよ」

凛花《りんか》さんはほくほくした顔で、ぎゅっと手帳を握りしめる。

今時珍しいアナログ派の彼女は気に入ったアイテムがあればまめにメモしていた。彼女に文句なく似合いそうなカッコイイものも、女の子っぽいキュートなものも。

分かりやすい一貫性はないけれど、それが凛花さんっぽくて面白い。

「全部買うにはお金を貯《た》めなきゃだね」

「ああ。でも四葉《よつば》さんと一緒にいたら貯まる頃には欲しいものも何倍に増えてそうだけど」

ちょっと皮肉っぽい響きにわたしはついつい苦笑する。

でも、あながち否定できない。

だって、わたしにも凛花さんと一緒にいればこれからどんどん知らない好きが増えていくっていう確信があったから。

凛花さんのメモ帳のようにどれくらいというのは見えないけれど、わたしも今日だけでたくさんの欲しいものをメモしていた。

いつか、また凛花さんと一緒に買いに来たいな……なんて思ったりして……。

「四葉さん、良かったらまた……その、記念日とかじゃなくても、デート……してくれるかな……？」

「あ……うんっ、もちろん！」

まるでわたしの頭の中を読んだみたいな言葉に、わたしは勢いよく頷く。

ううん、きっと読んで合わせてくれたんじゃなくて、たぶん凛花さんも同じ気持ちになってくれたんだって、そう思うとすごく幸せな気分になれた。

そんなわたしを見て、凛花さんも微笑《ほほえ》み返してくれて――「四葉さん、ちょっとこっちきて」とわたしの手を突然引っ張る。

そして――


――チュッ。


「……えっ！」

「だって、デートだもん」

周りから見えない、ビルとビルの間の狭い路地で、わたしは凛花さんにキスされた。

しっかり触れる、少しだけ吸い付くようなキス。

「愛してるよ、四葉さん」

「ぁ……わたしも、大好き」

「ねぇ、もう一回……いいかな……？」

「……うん」

熱く蕩《とろ》けるように潤んだ瞳を向けられながら、もう一度求められたキスを受け入れながら……わたしはやっぱり今日一日が友達同士のものではなく、恋人同士のそれだったとハッキリ分からせられたのだった。

◇◇◇

そんなこんなで、わたしは初めてのデートを終えた。

最後の最後ですっごくドキドキさせられて、一人になった今でもまだ心臓がばくばくいってるけれど……今それは胸の奥にしまっておいて……。

結果的に、今日、ダブルブッキングは起こらなかった。二股におけるお約束イベントを回避したのだ！

そしてこれは偶然なんかじゃない。

わたしが単純な頭を捻《ひね》って、いや、もしかしたら単純な頭だったからこそ、思いついてから変に悩まず、そのまま実行に移せたのかもしれないけれど、とにかく、それが上手《うま》くいった！

事前に策を練られたおかげで、凜花さんとのデートは最初からダブルブッキングを気にせずに思いっきり楽しめた。

凜花さんも楽しそうにしてくれてたし、最後には……キス、もしてくれたし。

なんだかんだ、わたしは間違ってなかった――いやいやいや！　それはさすがに虫が良すぎだけど！

でも……まだ終わりじゃない。

どこかの誰かが言った――ダブルブッキング回避は一日にして成らず、と。

そう、この作戦は今日と明日の全二部構成なのだ！

なのでここで終わりじゃない。今日撮りためた凜花さんの素敵な写真の数々をによによ眺めていても、まだ気を抜いてはいけないのである。


街灯少なめな夜道を早歩きで進み、帰宅したらお母さんの作ってくれた晩ご飯を食べて、ささっとお風呂に入って、早めにお布団に入る。

昨日は緊張のせいであまり眠れなかったたし、今日こそはちゃんと寝ないと色々もたない……！

「明日、かぁ……」

よくよく考えれば、わたしにしては中々大胆な作戦を思いついたなぁと思わずにはいられない。

でも、決めたんだ。二人を騙《だま》すなら、どっちかじゃない。

どっちも幸せにするんだって。

だから今日も全力で楽しんだし、明日だって……！

「うん、寝よう！　寝る！　寝るぞお！」

実際、今日の興奮と、明日への緊張と、ついでにまだ9時と寝るには早い時間というのもあって、目はギンギンに冴《さ》えていたけれど、わたしは就寝に向けて気合いを込め、布団を被《かぶ》った。

そして――

「……え、うそ。まだ2時……!?」

夜中の変な時間に起き、そこからろくに寝付けず……結局寝不足なまま日曜日の朝を迎えてしまうのだった。

◇◇◇

そんなこんなで、また時間が過ぎ……わたしは昨日と同じく駅前広場に立っていた。

今日はパーカーにロングパンツというラフな服装だ。昨日に比べればおめかし度は下がるけれど、わたし的にはこういう格好のほうが楽で性に合っている感がある。

もちろん、こんな格好をしているのは今日の用事の方が昨日より重要度が落ちるから——というわけではない。

むしろ凜花さんのデートと同じくらい今日も大切で特別な日だ。

なぜなら——

「なんて、タイミング良く来るわけないけど。まだ待ち合わせまで一時間——」

「だーれだっ！」

「ひょえっ⁉」

突然背後から抱きしめられ、すっとんきょうな声を上げてしまう。

当然周りの人達《たち》の視線を集めてしまうのだけど、わたしはそれどころじゃなくて——

「ゆゆゆっ、由那ちゃん⁉」

「わーっ、せいかーい！」

わたしに抱きついてきたのは、今日の待ち合わせ相手——由那ちゃんだった。

あっさり言い当てられた由那ちゃんは、それでもわたしに抱きついたまま離れようとせず、ぐりぐり身体《からだ》を寄せてくる。なんか、すごくくすぐったくて照れくさい……！

「は、早くない!?」

「それを言うなら四葉ちゃんだって」

「そ、それはそうだけど……」

でも一時間前だ。凜花さんでも50分前だったのに……。

「実は今から30分くらい早く着いてたのよ？」

「ええっ!?　な、ナンパとかされなかった……!?」

「心配してくれるの？」

「するよっ！　だって由那《ゆな》ちゃん可愛《かわい》いし……」

「え……えへ……ありがと……」

由那ちゃんの腕の力が緩んだ隙にさっと抜け出す。

と、そこには顔を赤くした由那ちゃん……が…………天使？

天使がいた（確信）。

由那ちゃんはロングＴシャツをワンピースみたいに着こなしていた。

いわゆる『彼シャツコーデ』というやつだろうか？

それに普段だったら校則的にもしていないメイクもばっちりしている。

コーデもメイクも、小柄でふわふわした雰囲気の彼女にはとてもマッチしていて、なんかこのまま家にお持ち帰りしたくなる……！

「と、とりあえず写メ、撮っていいですか……？」

「え？　なんで？」

さすがに「お持ち帰りしたいので」とは言えず、かといってちょうど良い口実もなかったので、

——パシャッ。

「あっ、ちょっ！」

問答無用で撮った。あぁ、写真に撮っても可愛いなぁ。

「四葉ちゃん！　もうっ！」

ぷくっと頬を膨らませた由那ちゃんがわたしの腕に抱きついてくる。そしてスマホを取り出し——

「せっかくだから一緒に撮ろっ！」

インカメを起動すると、お返しとばかりに問答無用でぱしゃぱしゃ撮り始めた。

由那ちゃんのスマホ画面に素晴らしく可愛らしい天使と、いつもよりちょっとおめかしした程度のわたしが写っている。まるでアイドルとそのファンって感じだ。

「えへへ、可愛い」

撮った写真を眺めながら、由那ちゃんが呟《つぶや》く。

　その「可愛い」が向けられてるのはおそらくわたしで……なんだか顔が熱くなってしまう。

「壁紙にしよーっと」

「だ、だめだよ!?」

「え？　どうして？」

「だって、その……ひ、秘密だし」

「大丈夫、友達同士でもツーショットを壁紙にしたりするもの」

　なんて由那ちゃんは言うけれど……ああ、でも、わたしには止められない……！

　だって、わたしも恋人二人を壁紙にしちゃってるし……いや、設定したときはお付き合いする前だったけど！

「それじゃあ、行こっ！」

「う、うん……」

　ぐいぐい引っ張られ駅前広場を後にするわたし達。

　そう、わたしは凜花さんとデートをした次の日に、由那ちゃんともデートをする約束をあらかじめしていたのだ。

　そしてこれこそが、わたしのダブルブッキング回避のための秘策なのだっ！

◇◇◇

四日前に遡る。

凛花《りんか》さんとデートをすることになったわたしは、どうにか由那ちゃんと約束がかち合うことを避けられないかと頭を捻り、そして――それならいっそこちらから先にデートの約束をしてしまえばいい、という考えに思い至った。

土曜日に凛花さんと約束をしたのなら、日曜日に由那ちゃんを誘うのだ。

あらかじめ予定が決まってしまっていれば急にデートに誘われることはない。

ラブコメマンガでは、向こうの都合が急に変わり、スケジュールをずらした結果予定が被る……というパターンもあるが、それはあくまでコメディ的なご都合展開だ。

もしも、後から予定の変更を言われても、そこは毅然《きぜん》とした態度で予定が埋まってしまっていると伝えればいいのである！

……まぁ、本当にそうなってしまったらまた頭を抱えることになるんだろうけど。

由那ちゃんからも、凛花さんからも、本気で頼まれたらやっぱり頷《うなず》いちゃうだろうし、わたし。

というわけで、由那ちゃんへとデートのお誘いメッセージを送る……送った！

（あれ？　でも由那ちゃんの予定がもう埋まっていて、土曜日ってお願いされる可能性も……？）

それはまずい。「土曜日はもう予定あるんだ」は、由那ちゃん側に非があって初めて成立する作戦なのだ。

一度は了承し、しかし予定が埋まってしまって――そんな罪悪感を向こうが持っているからこそわたしも断れるわけで、つまりそれがなければきっと簡単に押し切られちゃうわけで……!?

（ど、どうしようっ!?　こっちから土曜日は予定があるからって先に言っておいた方がいいのかな!?　で、でも、逆に変だよね……!?）

たった一つ、メッセージを送っただけでパニックになるわたし。

こういうのに送る前に気づけないのがわたしの悪い癖だ。

珍しく自信のある問題が出たテストに限って、回答欄ずらして書いちゃったりとか……！

『いいよっ！』

「ふぁっ!?」

すぐにメッセージが返ってきた！　まだ1分も経《た》ってないのに！

『四葉ちゃんから誘ってくれるなんて嬉《うれ》しい！』

「あぁ……由那ちゃん天使すぎ……!!」

デートの誘いを快諾してもらえただけで浮かれるのは自分でもチョロすぎだとは思うけど、それでも由那ちゃんが天使というのはギリ辞書に載ってないレベルの常識なので仕方ない。

『ねぇ、あたし四葉《よつば》ちゃんと一緒に行きたかったところがあるの！』

さらにデートプランまで提示してくれるなんて……これが女子力……？

なんて圧倒されながら、「日曜日は動きやすい格好で来てね」という彼女からのメッセージにこくこく頷きつつ、わたしは二つのデートに向けて準備を始めたのだった。

◇◇◇

……というわけで、結果だけ見ればわたしがやったことは由那ちゃんをデートに誘っただけで、あとは運任せというガタガタな作戦だったんだけど……まぁ、よし！

おかげで突然の日程変更も起きず、当然ダブルブッキングも回避できた。

振り返ってみればかなり勢い任せで、綱渡りみたいな作戦だったけれど、それでも成功は成功だ！

もとよりわたしが完璧な作戦を立てるなんてこと自体無理がある。そう誰よりも分かっているのはわたし自身だ。いつだってわたしの人生は運まかせなんだから！

「どうしたの、四葉ちゃん？」

「えっ？」

「なんかぼーっとしてたけど」

「え、あ、いやぁ……ちょっと人の多さに当てられちゃったといいますか」

「日曜だもんねー。ふふっ、手繋《つな》いどいてよかったぁ」

「へ？」

気がつけば彼女の言うとおり、わたしの右手は由那ちゃんの左手にぎゅっと包まれていた。

「わわっ!?」

「慌てなくても、これは友達同士の範疇《はんちゅう》よ？　だって、ぼーっとしたまま歩かせてたら、四葉ちゃん、迷子になってたかもしれないもの」

「そ、それはそうかもだけど……」

確かに友達同士でもはぐれないようにっていう理由があればセーフなんだろうか？　いや、でも、うーん……ああ、わかんない！

「そ、そういえばさ、由那ちゃんはどこで待ってたの？　待ち合わせ、わたしより先に着いてたんでしょ？」

由那ちゃんほどの天使様であれば絶対注目されてすぐに分かるし、それに一人で無防備に待ち合わせなんかしていたら――

「なぁに、四葉ちゃん。やっぱりあたしがナンパされたんじゃないかって気になっちゃうんだ！」

「う……っ！」

まるでわたしの脳内を読み取ったみたいな言葉に、わたしは声を詰まらせる。

確かにそうだけど、でも、これは友達ってより恋人っぽいし……！

「大丈夫よ。ずっと駅前のカフェにいたから」

「え」

「カフェの窓から、広場に四葉ちゃんが来るのを見張ってたの。静かな店内なら声もかけられないいし、何より……ふふっ、四葉ちゃんの驚いた顔が見たくって」

そうにやっと笑う由那ちゃんはまるで小悪魔みたいだった。

「でも、心配してくれたのは嬉しい誤算……ううん、四葉ちゃんならきっと心配してくれるって分かってたんだな、あたし。だって驚いたって気持ちより、嬉しい気持ちのが強いもん」

「あ、いや、まぁ……なんか、照れます……」

「ねねっ！　ぎゅーってしていい!?」

「それは友達同士でやることじゃないから駄目っ！」

「むー……ケチ」

由那《ゆな》ちゃんはそう唇を尖《とが》らせる。

そんな子どもみたいな甘える態度は、彼女の見た目にも実にマッチしていて、なんだかのぼせてしまいそうになって——

「あっ、着いたわよ！」

ああ、またぐいぐい引っ張ってくれる由那ちゃんに流されてしまう。

大丈夫、落ち着け。わたし達《たち》は恋人同士だけど、今日は表向きは友達同士のデートなんだから！

改めてそう自分に言い聞かせつつ、由那ちゃんに連れられて入った建物は——

「あれ、ここって……」

「えへへ。ここが四葉ちゃんと来たかったとこ！」

由那ちゃんが連れてきてくれたのはスポーツパークっていう、ええと、『屋内で色々なスポーツ系の遊びが楽しめる系の商業施設』だった。

たとえばフットサルとか、フリースローとか、バッティングセンター的なやつとか、卓球とか、なんとかかんとか。

みんなでわいわい楽しむも良し、少数で汗を流すも良しって感じの場所で、今日も日曜日ということもあり、結構家族連れで賑《にぎ》わっていた。

「四葉ちゃん、来るのは初めて？」

「う、うん。由那ちゃんは結構来るの？」

「たまにかしら？　凜花とね」

「あー……」

うんちなわたしには無縁の施設だけれど、確かに凜花さんにはぴったりかもしれない。

彼女なら……うん、余裕で無双してる姿が目に浮かぶ。

「いつも凜花さんと一緒じゃ、わたしとだと物足りないんじゃぁ……」

「むしろ逆よ！　凜花と一緒だと、あたし強制的にサポーターにされちゃうもの！　まともに勝負したって勝てるわけないし！　んふふ、その点、四葉ちゃんとだったら結構いい勝負できると思うんだ」

「いい勝負どころか……あっ!?　さてはわたしをカモにする気でしょ!?」

「うふふ。どうかしら？」

キラッと彼女の瞳が怪しく光った感じがした。やっぱりカモにするつもりだ！

由那ちゃんの運動能力はそこそこ。大体、中の下くらいだと思う。当然わたしは下の下だ。

「うう……由那ちゃんの意地悪……」

「えっ!?　も、もしかして嫌だった……!?　ち、違うのよ！　四葉ちゃんをいじめたいとかそういうのじゃなくて！　その、ただ四葉ちゃんと思いっきり身体《からだ》を動かして遊びたいって、ただそれだけで……ご、ごめんね？　別の場所、行こっか……？」

いじけたわたしを見て、由那ちゃんが慌てる。

むしろ彼女の方が泣いてしまいそうで……わたしはもう我慢できなかった。

「ぷっ……ふふっ」

「……え？」

「ふふっ……あはは！」

「ちょっ、四葉ちゃん!?　もしかしてからかったの!?」

「さっきのお返しっ！」

思ったよりも反応が良くて、笑いが全然堪《こら》えられなかった。

由那ちゃんは恥ずかしそうに耳まで真っ赤にして、わたしの胸に飛び込んできた。

「ばかばかっ！　嫌われちゃったと思ったんだから！」

「嫌いになんかならないよ。誤解させちゃってごめんね？」

「うー……でもあたしもちょっとからかっちゃったし……ごめんなさい」

しゅんとする由那ちゃんの頭を優しく撫《な》でる。それに応えるようにわたしの背中に回った腕に力が込められた。

……というのが、エントランスでの話。

元々それなりに騒がしく、わたし達も大声で騒いでいたというわけではないけれど、こうやって抱きしめ合ってたら周りの人からはそれなりに視線を集めちゃって……

（だ、大丈夫だよね？　友達同士でもハグしたりとかするもんね！）

ついそんな都合のいい言い訳をするわたしだった。

◇◇◇

実のところ、存在は知りつつ、ここに遊びに来るのは初めてだった。中に入ってみると、どうやら時間制らしく、その時間の間なら遊び放題らしい。

システム的にはカラオケっぽい？　だからどうってわけじゃないけど、カラオケなら経験済みだ。家族でも、由那ちゃん達とも。

少しずつ自分に馴染《なじ》みのある部分を探していくのが、基本ホーム外で生きてきたわたしの処世術なのだ。

そう、ここは少しアトラクションの多いカラオケみたいなもの。出てくるのが音楽だけじゃなくて、ボールとかホッケーの円盤とか、ちょっとバリエーションに富んでるけど。

「ねねっ、四葉ちゃん。あれやってみましょっ」

くいくいっとわたしの袖を引きつつ、由那ちゃんが指さしたのはバスケのフリースローだった。

なるほど、バスケについてはついこの間凜花《りんか》さんの試合を拝見したばかりだ。ウォーミングアップにはちょうどいい！

「オッケー！　よぉし、やるぞぉ！　やっちゃうぞぉ！」

わたしはノリと勢いに身を任せ、意気揚々と戦地へと乗り込んだ！

「せっかくだから勝負しよっか！　10……はちょっと多いから、５本勝負！」

「えっ」

由那ちゃんがびっくりしたみたいに目を丸くする。

そりゃあさっき、うんちをネタにからかったばかりだ。勝負、というワードには敏感になっているだろう。

でも、だからこそわたしはこちらから勝負を仕掛けた。

勝てる自信は……ぶっちゃけ無い。

でも、本当にさっきのことはお芝居で、気にしてなんかいないんだよってことを伝えたかったのだ。

「わたしが勝ったら……そうだなぁ……お昼ご飯、由那ちゃんのおごりで！」

「ええっ！　賭けるの!?」

「せっかくだからね！」

と笑いつつ、正直負けは織り込み済みだ。

とはいえ、負けの代償はお昼をおごる程度。これはさっき由那ちゃんに悲しい顔をさせてしまった罪滅ぼしみたいなものである。

懐は寒くなるけれど、一応今日も昨日と同じくらいはお財布に入れてきてるし。

「ええと、じゃあ……あたしが勝ったら………キスして」

「えっ」

「こっそりだったらいいでしょ？」

「い、えぁ……こ、こっそりなら……いや、でもなんで」

「だってこの間はあたしからしてばっかだったもん。一度くらい四葉《よつば》ちゃんからしてくれたら嬉《うれ》しいなって……ね？」

そう上目遣いで訴えてくる由那ちゃんをはねのけられる人なんているんですか!?（逆ギレ）

というわけで、昼食とキスを天秤《てんびん》にかけたフリースロー対決が始まった。

そして――

「ぐはぁ……！」

「やったーっ！」

尻餅をついて俯《うつむ》くわたしと、ぴょんぴょん跳ねて喜びを表現する由那ちゃん。

結果は０対２で由那ちゃんの勝ち。ま、まぁこうなることは分かってましたけどね……？

「それじゃあ賞品を～」

「ちょっ、由那ちゃん!?　こっそりでしょ!?」

ネットで区切られた外には通行人がいる。さすがに他人が遊んでいるのをじろじろ眺める失礼な人はいないけれど、それでもキスなんてすれば視界には入るだろう。

「むー……まっ、楽しみは後に取っておくわ。それじゃあ次は――あれ！　あれやろっ！」

勝って気を良くしたのか、由那ちゃんはわたしがそれを見るよりも前に腕を引っ張ってくる。

そんな自分本位にも思える行動にも、全然悪い気はしない。

彼女がわがままに振る舞ってくれているのは、それだけわたしを信頼してくれていることに他ならないのだから。

◇◇◇

一つ断っておくと、わたしは運動音痴だけどスポーツが嫌いというわけじゃない。

家族でピクニックに行ったときとかはバトミントンしたり、追いかけっこしたりするし、小学校の頃は友達と公園で遊ぶことも多かった。

そりゃあ勝敗で見ると負けてばっかだ。勝ったとしてもそれは同じチームの上手《うま》い人の功績が大きい。

「勝てれば楽しい」、または、「負けたら悔しい」……そんな気持ちを養えるほど、わたしは成功体験に恵まれていない。

もしかしたらそれはすごく寂しいことなのかもしれないけれど……もしもそんな考えをわたしが持っていたら、きっと大変だっただろうなーなんて思ったりしなくもない。


由那ちゃんと施設の中を色々回っていろんなもので遊んだ。

バッティングしたり、ストラックアウトしたり、ローラースケートをしてみたり、あとゲームセンターにある感じのレースゲームをしてみたり。

その殆《ほとん》どでわたしは負けっぱなしだったけれど、でもすっごく楽しくて、17時までと設定していたプレイ時間はあっという間に過ぎ、もう残り僅かしかなくなっていた。

「四葉ちゃん、ありがとうね」

「え?」

「今日デート誘ってくれて……あたしも、四葉ちゃんと一緒にお出かけしたいなってずっと思ってて……でも、迷惑かもって勇気が出なくて」

「迷惑なんて、全然そんなことないよ！」

実際由那《ゆな》ちゃんから遊びに誘われれば、内容も聞かずに二つ返事で頷《うなず》くと思う。ダブルブッキングは困るけど。

「むしろわたしのほうこそ、由那ちゃんに楽しんでもらえたのかなって……ほら、わたし、結局どれも駄目駄目だったし」

バッティングではボールに掠《かす》りもしなかった。ストラックアウトは全然狙った場所に投げられなかったし。

ローラースケートは初めてにしたって転びすぎて由那ちゃんに心配かけちゃったし、まぁゲームはそこそこだったけれど。

――四葉ちゃんと遊んだってつまんない。下手くそなんだもん。

不意に小学生の頃に浴びせられた言葉を思い出す。

お昼休みにボール遊びをしてる友達に「わたしも交ぜて」って言ったら返ってきたのがこの言葉だった。

今思えばよく泣かなかったなぁと思う。いや、もしかしたらもうその頃から、わたしは色々と諦めてしまってたのかもしれない。

彼女の言い分は正論で、実際、ドッジボールとかでもわたしは的にしかなれないし。

誰かと一緒にいるなら、その人には楽しい気分でいてほしい。

わたしは負けてもいい。下手くそで笑われても全然構わない。

それで相手が喜んでくれたら、笑ってくれたら……それ以上のことなんかなくて……

——四葉ちゃんと遊んだってつまんない。下手くそなんだもん。

もしも、由那ちゃんがあの子と同じ気持ちだったら……そんなことを考えてしまう。

由那ちゃんは良い子だ。

きっといつもみたいに人懐っこい笑顔で「楽しかったよ」って言ってくれる。

(わたしって卑怯《ひきょう》だな。そう言ってもらいたいから、こんなこと……)

さっきまであんなに楽しかったのに、どうして昔のことなんか思い出してしまったんだろう。

明らかに今のは余計な一言だ。ああ、本当にわたしってやつは……！

「ごめん、由那ちゃん！　今のは忘れて——んぎゅっ!?」

言葉の途中で、ぎゅっと両頬を押さえられた。

そして、無理やりわたしの言葉を中断させた由那ちゃんは、上目遣いにこちらを睨《にら》んできた。

「四葉ちゃん、またからかってるなら怒るよ」

「か、からかってなんか……」

「本気で言ってたらもっと怒るから！」

「ええっ！」

追い込まれた!?

「あたしが楽しかったかどうかなんて、一緒にいたんだから分かるでしょ！」

「ぁ……」

「いちいち感想求めるの禁止！　すぐ人に気を使っちゃうところは四葉ちゃんらしいけど、でも……寂しくなるし」

「ご、ごめん――」

「ごめんもなし！　言っとくけどね、四葉ちゃん！　四葉ちゃんと一緒にいるときのあたしは、『楽しい』か、『幸せ』か、『四葉ちゃん大好きマジラブ結婚したい』しか考えて――さ、最後のは無し!!　その、たまにそう思うこともあるっていうか、いや、えと……」

かあっと顔を赤くする由那ちゃん。

で、でも、多分わたしのほうが真っ赤になってると思う。余計な一言がまさにとんでもない爆弾を掘り当ててしまった感じだ……!?

幸い、言いながら語気は弱まっていったので、周りの人達《たち》には聞かれていない、はずだけど……いや、でも。

「うー……ばかばかっ！」

由那ちゃんは行き場を無くした感情に振り回されてるみたいに、わたしの胸をぽかぽか叩《たた》いてくる。

「あ、あたしが言いたいのは、その……」

「由那ちゃん、ちょっと来て！」

「ふぇ!?」

わたしはパニクる由那ちゃんを前にじっとしていられなくて、そう短く断った上で由那ちゃんを引っ張って歩き出す。

もうすぐ施設を出ないと追加料金がかかっちゃうけれど、でも――

わたしが由那ちゃんを連れてきたのはブースが並んで陰になってる場所。ここなら目立たない、はず。

「よ、四葉ちゃん……？」

「その、ごめん――は、無しだよね。だから、その、ええと、わたしも、あの……」

ああ、言葉が上手く出てこない。でも、このまま終わりにしちゃったらきっと後悔するから、だから。

「し、失礼しますっ！」

「ふぇ――んみゅ……」

わたしは、由那ちゃんの身体《からだ》を壁に押しつけるようにしながら、彼女にキスをした。

そういえば何度かリップクリームを塗り直していたけれど、だからかな……すごく甘い。

「ひゃっ……!?」

「──!?」

由那ちゃんが驚いた声を漏らし、同時にわたしも自分の行動に驚き目を見開いてしまう。

つい、思わず、衝動的に──わたしは由那ちゃんの唇を舐《な》めていた。こう、ぺろっと。

「ごめ──あ、いや……あの……やっぱりこれはごめんっ！」

ごめんを禁止され、一瞬躊躇《ちゅうちょ》するわたしだけれど、さすがに今のはごめん案件だ！

「その、賭けの約束……うやむやにしたくなかったのと、それと……」

──由那ちゃんの言葉に、我慢できなくて。

なんて、さすがに口にはできなかった。恥ずかしくて。

由那ちゃんは手の甲で唇を押さえながら、潤んだ瞳をわたしに向け、そらし、また向け、そらす。

「ああ、もう……ほんとばか……！　こんな不意打ち……」

「ご、ごめんなさい……」

「うぅ……あたしにだって心の準備が必要なのに……心臓がばくばくいって苦しいし……」

「だ、大丈夫……？」

「大丈夫じゃないぃ……大丈夫じゃないから……結婚して……」

「え？」

「責任取って結婚してぇ……！」

「えええっ!?」

わたしの背中に手を回し、胸に顔を埋《うず》めてくる由那ちゃんは、まるで亡霊のうめき声みたいな感じで求婚してきた！

「だって、唇舐められたんだよ!?　あたしだってまだしてあげてないのにっ！　そんなのもう、結婚してもらうしかないじゃん……!!」

「そ、それはちょっと飛躍しすぎというか……」

「四葉《よつば》ちゃんはあたしとなんか結婚したくない……？」

うぐっ！

こ、これは、さっきわたしが使った『こんな状況で聞かれたらネガティブな返しはできないアレ』だ!?

いや、でも結婚とか、そんなの、まだ高校生だし、それにその、由那ちゃんが嫌とかじゃなくて、色々アレで、ええと——

「じゃ、じゃあ……法が改正されたら……」

わたしは日本の法律を盾に、その甘すぎる誘惑をぎりぎりで断ち切った。

いつか同性婚と重婚が認められるその日まで……まぁ、後者は絶望的なんですけどね……。

◇◇◇

「づ、づがれだぁ……」

ばたんきゅう、と家の玄関に倒れ込むわたし。

高校に入ってから由那ちゃん、凜花《りんか》さんと遊びに行くことは多かったけれど、二日連続デートというのは基本ぼっち属性のわたしには荷が重かったらしい。

特に今日は寝不足だったたし、身体を使う系だったたし……明日筋肉痛かも。

「あ、お姉ちゃんが死んでる」

「生きてらい……」

「……本当に？」

「わかんない……」

つんつん、と通りすがりの桜《さくら》が頬を突《つつ》いてきた。

「お水取ってくる？」

「いいの……？」

「いや、水ぐらいで不審に思われても……ちょっと待ってて」

桜はそう言って、駆け足気味に去って行き、数秒後、水の入ったグラスを持ってきてくれた。なんて優しい妹なんだ……誇らしい……。

「はい、どーぞ」

「んぐ、んぐ……ぷはぁ！　ありがとう、桜ちゃん」

「べ、別に水汲《く》んできただけだし……」

「それでも助かったから……あれ？　そういえばお父さん達は？」

「お父さんとお母さんと葵《あおい》は買い物」

「買い物……？　あー、連絡きてた」

スマホを見ると、お母さんから「買うものあったら教えて」とメッセージが届いていた。

というのも毎週日曜日はお父さんの車で平日分の食材を買うというのが間家《はざま》ルーティーンなのだ。

いつもはわたしも一緒に行くんだけれど、今日はわたしが出かけてたから先に行ってくれたらしい。

「あー、今何切らしてたかなぁ……？」

「肩貸そっか？」

「ぐ……老人扱いするでない！　どっこいせ……！」

かけ声と共に重い身体を無理やり起こし、台所に向かう。

桜からは「おっさんっぽい」と言われてしまったけれど、でも「どっこいせ」が一番身体に力が入るというのは日本人のＤＮＡに刻まれた変えようのない事実なのだ。

「ええと、卵に牛乳、ベーコンは必須。あっ、昨日のカレーまだ残ってるんだ。じゃあアレンジすれば何食分かはいけるかな？　あと――」

「お姉ちゃん、毎日大変じゃない？」

「大変なのはお父さん達の方だよ。夜遅くまで働いてるんだから」

「そうだけどさ……」

少し言葉足らずな会話だけど、でも桜が何を言いたいのか、何を言おうとしているのかは分かる。

だから、釘《くぎ》を刺しておかなきゃいけない。

「桜は気にしなくていいからね。受験生なんだから」

「でも……」

「成績、良い感じに伸びてきてるんでしょ？」

「だったらお姉ちゃんはそれを応援したいな。ほら、桜はわたしと違って頭良いんだしさ」

「まあ、うん」

「でもそのお姉ちゃんが行った永長《えいちょう》高校にはまだまだ届かないけど」

「う……」

恨めしげに半目で睨まれ、つい苦笑してしまう。

もう何度もイジられているけれど、実際に永長高校を目指して頑張っている桜からのは、どうしたって慣れられる気がしない。

「アタシさ……高校卒業したら一人暮らししようと思ってるんだ」

「えっ!?　ど、どうして？」

「なんとなく……」

初耳だった。そりゃあ、桜が高校を卒業するのなんて随分先の話だけど。

「だから、お姉ちゃんの邪魔じゃなければ料理教わっときたくて」

「あー……一人暮らしするなら大事だもんね、自炊……」

そう答えつつ、実際あまり頭が回っていなかった。

桜は高校受験のことだけじゃなく、大学に入ったときのこともう考えてるのか……わたしなんか、明日のことさえ全然——せいぜいご飯なに作ろうかなーくらいしかない。

なんというか、感慨深くもあれば、寂しくもある。

「いつの間にか大きくなったんだねぇ、桜」

「はぁ？」

睨《にら》まれた。

バカにしたわけじゃないのに！

「何も考えてないのお姉ちゃんくらいだし」

バレてる！

「そ、そんなことないよ？」

「お姉ちゃんが明日以降のことで考えてるの、献立くらいでしょ」

めちゃくちゃバレてる!!

「とにかく、そういうわけだからさ」

「で、でも、だったらわざわざ今からじゃなくて、高校入ってからでもいいんじゃない？」

「そしたらお姉ちゃんも受験――あ、えと、ほら……葵が受験じゃん？」

いや、お姉ちゃんが受験期なのは間違いじゃないよ!?

まぁわたしの頭じゃ多分大学なんかどこも受からないけど!!

「葵が頑張ってるときに、アタシだけお姉ちゃんに料理教わってたら……なんか、悪いし」

「あー……桜ちゃん、葵ちゃんと仲いいもんね」

「仲いいっていうか姉妹だし……ていうか、むしろお姉ちゃんを……」

「えっ、わたし？」

「……なんでもない。とにかく……決定だから」

決定らしい。

うぅ、お姉ちゃんとしては一緒に料理ができるなら正直なところ嬉《うれ》しかったりする。

でも、桜ががんばって勉強しているところに水を差したくはないし……なんとも悩ましい。

「そういえばさ、お姉ちゃん」

「え？」

「……今日、昨日もだけどなにやってたの？」

「どこって……ただ友達と遊んでただけだよ」

「ふーん……デートじゃなくて？」

「はい!?」

ばくん、と心臓が跳ねる。

思わぬ追及に動揺せずにはいられなかった。

「ち、ちち違うよ!?」

「でもさ……なんかニオイが濃い感じがするんだよね」

「におい!?」

「お姉ちゃん、一年の時も友達と遊ぶって言って出かけることが多かったけど……それよりもっと」

そう言いつつ、わたしの首元に顔を近づけ、くんくん嗅ぎ出す桜。きみは犬か!?

冗談みたいな言葉だけれど、デートという指摘は合ってるし、なによりその目が本気だ。

まるでドラマの中の、犯人を追い詰める刑事さんみたいだ……。

で、でも、においが強いって……そういうこと、だよね？　だって、明らかに友達同士だったときより、二人との距離は近いし……抱きしめ合ったりとか、き、キスしたり、とか。

「…………なんてね」

「え？」

「冗談だから。においとか分かるわけないいし。アタシ犬じゃないから」

桜はけろっと、真顔でそう言い、離れる。

「え……ええっ!?　からかったの!?」

「そう、からかったの」

そ、そうか。シスターズジョークというやつか……。

まるで１６０キロの剛速球が頬をかすめていった気分だ。

「ほら、受験勉強ばっかりやってると息が詰まるでしょ。だからちょっとお姉ちゃんで遊んでみただけ」

「お姉ちゃんで……そこはお姉ちゃんとって言ってほしいかな……」

「ま、とにかく料理の件。よろしくね」

「う、うん。ええと、いつから？」

「……そのうち」

そう呟《つぶや》くように返事し、桜は部屋に戻ってしまった。

でも、料理を教えるかぁ……わたしはお母さんに教えてもらったけれど、お母さんみたいにいくかどうか。

なんたってわたしだもんなぁ。きっとなにかを教えるという行為からは最も遠い存在だぞ。

「でもお姉ちゃんの威厳を見せつけるチャンスだし……桜ちゃんがその気なら応援しない理由がないもんね」

やっぱり一人暮らし宣言は寂しいと思ってしまうけれど。

「あ、教えるんだったら桜ちゃん用の包丁とか、エプロンとか用意した方がいいかな？」

お母さんに教えてもらったときは用意してくれてたし、わたしもそうするべきかもしれない。

あとでそれとなくお母さんに聞いてみよう。

桜《さくら》がやるなら葵もやりたいっていうかもしれないし……いや、でも葵はなぁ……わたしが教えようが教えまいが、すごい才能を持ってるわけだし……。

うーん、それも含めてお母さんには相談しよう。

◇◇◇

ご飯を食べて、お風呂に入って、休日の終わりを惜しみつつ、自室のベッドに寝転ぶ。

ぼけっとスマホを眺めると由那《ゆな》ちゃん、凜花《りんか》さんからそれぞれメッセージが届いていたので、それぞれ返信し、そのまま会話をしつつ……つい考え事をしてしまう。

なんとなく、桜の言葉が引っかかっていた。

濃いニオイがする……という話ではなく、桜がもう高校卒業後のことを考えている話と、

——お姉ちゃんが明日以降のことで考えてるの、献立くらいでしょ。

そんな言葉を。

……今になっても否定できない。情けないことに、わたしの人生いつだって行き当たり

ばったりだ。

ほんの数日前なら「ダブルブッキング回避のためのデート作戦がありまぁす！」って胸を張って言えたけれど……いや、言えないな。二股してるって話だし。

とはいえ、それも数日の話だ。何ヶ月、何年先なんてわたしにとっては真っ暗で……

（このままでいいのかな……）

由那ちゃんとのこと。凜花さんとのこと。

それぞれ、好きって気持ちはどんどん大きくなっていってる。

でも同時に、このままでいいのかって気持ちも膨らんでいく。


このまま隠せるんだろうか。

いや、隠していていいんだろうか。

「……っ！」

得体の知れない不安が胸の奥から這《は》い上がってくる感じがして、わたしはそれから逃れるように、ぎゅっと目を閉じた。

でも、疲れているはずなのに、さっきまですごく眠かったはずなのに――わたしの心臓はバクバクと嫌な音を立てて、眠らせようとはしてくれなかった。

第五話 「VS聖域ファンクラブの偉い人!?」 YURI*TAMA

ダブルブッキング回避ダブルデートから数日。

わたしはなにか、名状しがたいモヤモヤを抱えたままいつもの学園生活を送っていた。

いつバレるかとヒヤヒヤしながら二人の彼女と雑談し、二人を騙《だま》していることへの罪悪感を少しずつ膨らませつつ、今まで通りの変わらないわたしを取り繕っている。

二人は変わらず尊い聖域で、仲の良い幼なじみ。わたしはそこに迷い込んだただのおばかさんであり、弁当でいうところの食用菊とか緑のギザギザしたやつくらいの存在だ。

それはずっと変わっていない……はずなのに、

「チッ」

聞こえた舌打ちについ身をすくませてしまう。

今までより、それこそわたしが二人と付き合う前よりずっと、向けられる敵意が強くなっている感じがする。

二人と一緒にいるときは背中に視線を感じるくらいだけれど、二人がいないときには明らかに聞かせるつもりの舌打ちと、ちょうど内容が聞き取れないくらいの陰口が飛んでくる。

最初は気のせいかと思ったけれど、たぶん違う。気のせいなんかじゃない。

前までは、「たぶんあの子だな」とあたりがついていたけれど、今は人が増えて誰から敵意を向けられているのかわからなくなってしまった。

舌打ちや陰口が聞こえても、怖くて振り返れない。なんだか、目が合ったら殴られてしまう気がして。


どうして、いきなりこんなことになったんだろう。

もしかして、わたしが二人と付き合っていることがバレたんだろうか。

地味で学年一の落ちこぼれであるわたしが聖域の二人と付き合ってるなんてなれば、誰だっていい気はしないだろうし……。

いやでも、もしも本当にバレていたら、きっとこんな遠回しなものじゃ収まらない気がする。

絶対もっと噂《うわさ》——いや、騒ぎになって、わたしにも直接的な嫌がらせがくるはずだ。

なんだろう。首に手を添えられて、絞められてはいないけれど、指でとんとんされているみたいな感じ。

怖い。なにが怖いって、どうしていきなりこんなことになってるのか、わたしが全然理解できていないからで――

「四葉《よつば》ちゃーん！　おっ昼休み、だよぉー！」

「一緒にご飯食べよう」

――もしも二人を巻き込んでしまったら。

そう考えると、段々作り笑いさえできなくなっていた。

「……？　どうしたの？」

「顔色悪くない？」

「そ、そんなことないよっ」

心配をかけたくなくて、必死に笑顔を作る。でも、自分でもわかるくらい上手《うま》くいっていない。自分で笑顔が引きつっているのがわかる。

でも、これ以上追及されたくなくて、わたしは必死に嘘《うそ》を並べた。

「な、なんかこの後の時間、当てられる気がして」

「えー、またぁ？」

「四葉さん、最近毎日言ってない？」

「そ、そうかな……？」

嘘をつく罪悪感と、地頭のなさで、わたしは毎回このネタを貫き通している。

我ながらもっとマシな言い訳はないものかと思うのだけど、でも、パニクるとついいつも同じ言い訳に縋《すが》ってしまうのだ。

「でも実際には当てられてなくない？　考えすぎよ」

「いや、一昨日当てられてたよ。ほら、数学の」

「あー！　確かに！　うーん、四葉ちゃんのエスパーを完全に否定するのは時期尚早かも？」

そう笑う二人だけれど、明らかにわたしを気遣ってくれているのがわかる。

二人が気がついていないということは、やっぱりまだ周りからの敵意はわたしにしか向けられてないってことだ。

――でも、もしも付き合ってるって……わたしなんかに二股かけられてるって知られたら……？

たとえ二人のファンであっても、失望して、逆上する人が出てくるかもしれない。

もしそうなってしまったら、わたしはどうすれば――

「あーっ!!」

「ひっ!?」

「どうしたんだ、由那。いきなり大声出して」

「お弁当！　忘れたぁっ!!」

がさごそと自分のバッグを漁《あさ》り、顔を青くする由那ちゃん。

確かにその中にはお弁当箱がない。

「あー……そういえば今日ちょっと寝坊しちゃって、お弁当もった記憶が無いわ……」

「そのわりにセットは完璧に見えるけど？」

「女の子だもん。それは当然！」

得意げに胸を張る由那ちゃんだけど、お弁当がない事実は変わらない。

うちには購買部があるけれど、昼休みすぐに売り切れる程度に混雑することで有名だ。

きっともうパンくず一つ残ってないだろう。

でも、だとしたら他に昼食を取る方法は——

「学食行き決定だな、由那」

「ふえぇ……あの地獄の学食ぅ……？」

うちの学食はあまり大きくない。

その割に結構な生徒が出向くから、最悪食券を買うのにも10分以上待たされることだってある。

そんなところに目立つ由那ちゃんが行ったら——彼女が地獄と言うのもよくわかる。

「……そうだ！　ねぇ四葉ちゃん。一緒に学食行こうよっ」

「え？」

「四葉さんは自分のお弁当をちゃんと持ってるけど」

「別に、学食でお弁当を食べちゃいけないルールは無いわよ」

「ただでさえすぐに席が埋まるのに、お弁当なんて食べてたらひんしゅくを買うんじゃないかな」

「……だったら凛花《りんか》は教室残ってなよ。ね、四葉ちゃん、行こっ！」

「えっ!?」

状況が理解できなくて、わたしは思わず固まってしまう。

今の会話、なんか由那《ゆな》ちゃんが凛花さんに冷たかったような――

「忘れたのは由那が悪い。四葉さんを巻き込むのはおかしいんじゃないか」

「じゃああたし一人で食堂に行けってこと!?」

「まぁ、そうなるな」

「なによっ、凛花のいじわる！」

「意地悪じゃない！」

バンッと机を叩《たた》き、睨《にら》み合いながら立ち上がる二人。

一触即発――そんな言葉にわたしは、いや、クラス中が息をのむ。

だって、こんな風に二人が険悪な感じになるのなんて、一年生の時も含めて一度もなかったから！

「四葉ちゃんはあたしと食堂に行くのっ！」

「四葉さんは教室で私と食べるんだ！」

興奮したように言葉をぶつけ合う二人を、ちょうど間で見ていたわたしは、どんどん心臓の鼓動が速まっていくのを感じていた。

――やばい。まずい。

どうしてみんながわたしに敵意を向けるのか――いや、怒っているのかわかった気がする。

わたしは近くにいて、二人の間にいて……だから見えてなかったんだ。

たとえ隠していたって、関係性は変わってしまっている。わたし達《たち》三人は、友達同士の三人組じゃもうないんだ。

由那ちゃんにとってわたしは彼女で、凜花さんにとってもわたしは彼女。

そして、由那ちゃんと凜花さんはそうじゃない。

だから衝突が起きてしまう。二人の築いてきた関係が壊れていく。

きっと今が初めてじゃない。あの日、わたしが二人と付き合った日から少しずつ……。

「あ、あの、由那ちゃん！　良かったらわたしのお弁当、食べる？」

わたしは震えを必死に押し殺して、泣いちゃいそうなのをぐっと堪《こら》えて、そんな提案をした。

「えっ！」

「え……」

二人の反応は対照的で、それだけでも胃がキリキリする……！

「いいのっ!?」

「……あまり由那を甘やかさない方が」

「なによ。甘やかすとかじゃないもんねー」

「四葉さんのお弁当を由那にあげちゃったら、四葉さんはお昼ご飯どうするのかとか、考えないのかい」

「う……！　も、もちろん全部貰《もら》うわけじゃないし！　半分だけよ！」

「食いしん坊の由那が半分だけ？　どうせ後で文句言うに決まってる」

「言わないっ！」

「言うっ！」

おでこがくっつくくらいの勢いで睨み合う二人。

あわわ……と震えながらも、今のやりとり的には確かに凜花さんの言う方が一理あると思った。

由那ちゃんは小柄でスリムながら、意外と大食いだ。この間のデートでもハンバーガーを一人で三つ食べてたし。

なんでも、いくら食べても太らない体質らしい。羨ましい……これも才能か……？　本人は胸に栄養が行かないって嘆いていたけど。

対するわたしはむしろ小食な方で、お弁当箱も小さめのが一つだけ。由那ちゃんにはこれだけでも足りなそうなのにさらに半分になったら、むしろ中途半端にお腹《なか》に入れたぶん後で余計につらくなってしまうかもしれない。

でも、そんなことを考えていても状況は解決するどころか悪くなる一方だ。

由那ちゃんを一人で学食に行かすには忍びない。でもわたしがついていけば今度は凜花さんが一人になってしまう。

三人で学食に行く、というのが一番丸い気もするけれど、永長《えいちょう》高校の食堂は戦場だ。一人が学食で、あとの二人は弁当を食べるために席を占拠するなんてとても無理だろう。

では、どうするか――ここまで選択肢を削られれば、逆にやるべきことははっきりする。

「じつはさ！　わたし……だ、ダイエット中なんだよね！」

「え？　ダイエット？」

「別に四葉さん太ってないと思うけど……」

二人が目を丸くしながらわたしを見る。

ケンカになりそうな雰囲気が引っ込み内心安堵《あんど》するわたしだけれど、ここで間違えば逆戻りだ。気を引き締めろ。

「ほら、もうすぐ夏休みでしょ？　少しでも頑張りたくって」

「あ……夏」

「確かに……」

二人はぼうっと頷《うなず》きながらわたし——いや、わたしの胸とか腰とかお尻とか……舐《な》めるように全身に視線を向けて、ほんのり頬を赤くする。男子か!?

わたしは二人の彼女だから、彼女達が何を考えているのかなんとなく察せないでもないけれど、他の人が見たらどう思うんだこれ……!?

「ほ、ほら、わたしも女の子だしさ……あはは……だから、お昼も抜こうと思ってて！　由那ちゃんがお弁当忘れたならちょうどいいかなーって！　だって、家帰ってお弁当の中身がそのままだったら、お母さんとかも心配してくるしさ！」

冷や汗を垂らしつつ、それっぽい言い訳を並べる。

咄嗟《とっさ》にしては中々隙の無い内容なんじゃないだろうか。やるじゃないか、わたし！　これが火事場の馬鹿力ってやつか!?

「四葉ちゃんって自分でお弁当作ってるんじゃなかったかしら？」

「親御さんも共働きで、洗い物も自分でやっているんだよね？」

うぐ……!?　そ、そういえば二人には結構あけすけに話してたんだった！

これは余計な情報を付け足したせいで無駄に自分の首を絞めちゃったパターン……？

い、いやでも、ここで引いちゃだめだ！　突っ切るしかない！

やるしかないよ四葉《よつば》！　希望を捨てるわけにはいかないよ！

「とにかくっ、そういうわけだから！　あっ、わたしお手洗い行ってくるね！　ほら、でとっくすなんとか的な……って、食事前にする話じゃないか！　あははは〜……」

また余計なことを言った気がするけれど、これ以上反撃を受けないように席を立つ。

ちなみに『でとっくすなんとか』は昨日の夜テレビで見たばかりの付け焼き刃の知識なので、実際よく分かってない。

そんな得たばかりの武器さえ総動員しなければならないほど勝手に追い詰められていたわたしだが、教室を出ると共に重たい空気から解放され、ようやく一息入れられれ——ない!?

「う……」

思わず足が震えた。

そうだ、聖域のファンのみなさんにとってわたしは敵だ。

聖域崩壊を思わせる先ほどの口論も相まって、向けられる視線やそこに込められた敵意が余計に強くなっている感じがする。

（こ、殺される……!?）

大げさに思われるかもしれないけれど、わたしは本気でそう思った。

「間《はざま》さん、ちょっといい？」

そしてそんな予感を裏付けるように、女生徒から声をかけられる。

同じクラスの……聖域ファンの中でも特に過激な印象のある子だった。名前は確か、猪《いの》俣《また》さん。

さらに彼女の後ろには二人控えていて、三人揃《そろ》って鋭い視線を向けてきていた。

「ちょっといい？」なんて字面通りの優しい誘いじゃない——その実態は「テメェ、ツラ貸せよオラ」だ。

由那ちゃんも凜花さんもここにはいないし、巻き込みたくない。

でも、一人で気丈に無視できるほどわたしは強くなくて……恐怖でこみ上げてくる涙を必死に堪えることしかできなかった。

「ちょっと、聞いてんの？」

「痛っ……!?」

痺《しび》れを切らしたみたいに、彼女がわたしの腕を摑《つか》む。

強い痛みについ声を漏らすわたしに、彼女らは薄い笑みを向けた。

「ほら、時間ないんだからさ。さっさと——」

そのまま、問答無用に引っ張り、どこかに連れて行こうと歩き出した彼女だったが、突然言葉を切って足を止めた。

まさか二人が……!? 最悪の事態が起きてしまったんじゃないかと、わたしも反射的に顔を上げ——

「……だれ？」

——たら、知らない子が道を塞ぐように立っているのが見えた。

いや、普通の子じゃない。これまたとんでもない美少女だった。

外国の子だと一目で分かった。綺麗《きれい》な金色のウェーブした髪、青空みたいな瞳、透き通る白い肌。

全てが100点満点の、まるでショーケースに飾られている人形みたいに美しい、幼い少女は、確かにわたしを見てあどけない笑顔を浮かべた。

「ですの♪」

（デスノ……？）

彼女は一瞬でわたしの目の前に距離を詰め、そして、わたしの口へとレースのハンカチをあてがった。

（ま、まさか……ドラマとかで見るアレ……!?）

クロロなんとかとかいう液体を浸したハンカチで相手を眠らす、一度は体験してみたいベタシーン…………ん？

あとついでにわたしを拉致しようとしてた子達も状況が分からないみたいに固まっていた。

少女も困惑したように首を傾《かし》げる。

「です？」

なぜだか全然眠くならない。ただただハンカチからいい香りがするだけだ。

（眠く、ならない……）

「眠くならないですの？」

外国人な見た目ながら流ちょうな日本語で喋《しゃべ》りつつ、薄《うっす》ら目尻に涙を浮かべる少女
――ってえぇっ!?　泣いちゃうの!?

そんな突然すぎるめちゃくちゃな展開にパニクったのはわたしだけじゃなくて、わたし
を拉致しようとしていた子達もだった。

「ちょ、なんなのよ……!?」

「ていうかこの子誰？　学校見学の子……？　うちの制服は着てるけど……」

「は、間さん、とりあえず寝た方がいいんじゃない……!?」

彼女らは明らかに困惑しつつ、さらにはわたしに助言まで囁《ささや》いてきた。

昨日の敵は今日の友、というには早すぎる感はあるけれど、同じ困難を前にしたら敵も
味方も関係ないし、ここは彼女の助言に乗っからせて貰った方が良さそうだ。

「あ、あれぇ？　なんだか、ねむく、なってきたナァ〜……はらほろひれはれ〜……」

「「「…………」」」

残念なものを見る目を向けるな!!

わたしは渾身《こんしん》の演技で膝から廊下に倒れると同時に、絶対に女優にはなれないことを悟った。

「眠ったですのっ！」

が、小さなお客さんだけは楽しませられたみたいだ。今度はお姉さんが泣いちゃいそうだよ……。

とはいえ、ここからどうすればいいんだろう。まさかこれで満足して、ここに放置されるとか？

……それはそれで、悪くないかもしれない。そもそもわたしはファンの子達《たち》からヤキを入れられそうな状況だったわけだし、それがうやむやになるなら——

「んー……念のため落としておくですの♪」

念のため……落とす？

わたしの頭がそれを理解する前に、首に凄《すさ》まじい衝撃と痛みが走った。

猪俣さん達の呆気《あっけ》にとられた声と、自分の口から強制的に吐き出させられた「ぐえっ」という汚い声を聞きながら、わたしは呆気なく意識を失った。

◇◇◇

「暑ぃ……」

起きたのが先か、呟《つぶや》いたのが先か分からないけれど、とにかくわたしが最初に感じたのはそれだった。

そういえば天気予報曰《いわ》く、今日は30度を超えるとか超えないとか。六月のくせに生意気だ。

そんな夏の到来を肌で感じるわたしは、いつの間にか屋上に運ばれていた。

丁寧にイスに座らせられ、これまた丁寧に手足を縛られ、身動きが取れない。

彼女――あのデスノデスノ言っていた少女が運んできたのだろうか。いや、あの子は華《きゃ》奢《しゃ》に見えたし別の誰かが運んだんだろうか。

何にせよ怖い。怒濤《どとう》の展開過ぎてわたし自身ちんぷんかんぷんだけど、この状況――どうやらわたしは攫《さら》われたらしい。

そして、これからさらにわたしにとって良いことが起きるのは分かった。

だって既に嫌な目に遭ってるわけだし。手を縛られ、汗も拭けないせいで制服が身体《からだ》にひっついて、ベタベタする。

「あぁ……もうやだ、シャワー浴びたい……」

「浴びるですの？」

「いっ!?」

わたしの呟きを拾い、死角からあのデスノガールが姿を現した。

お嬢様っぽい見た目に合ったエレガントな日傘を差しながら、もう片方の手にはスポドリが入ったペットボトルを持っていた。

「浴びてもいいですの」

「え……それを!?」

「暑いので飲ませてあげた方がいいかと思ったですの。でも浴びてもいいと思うですの」

今、飲ませてあげる的なこと言ったよね？

この子、デスノデスノ頭の痛くなるしゃべり方をするけれど、もしかしたら悪い子じゃないのかもしれない。いや、気絶させられたけれども。

「そ、それを浴びるのは嫌かな……」

「わたくしもかけたくないですの。ハエが寄ってくるですの」

「か、かもねぇ……」

「でも木に蜜を塗ると甘い匂いに誘われてカブトムシがやってくるですの……！」

きらん、と彼女の目が光った気がした。

そして、ペットボトルの蓋を開けると、じりじり近づいてきた。

「そ、それは違うよ!?　わたしは木じゃないし、スポドリも蜜じゃないから！」

「……言われてみればそうですの」

ぴたっと少女が足を止める。

「これ、飲みたいですの？」

「え……あ、うん。飲みたい飲みたい」

「いいですの」

少女はそう頷《うなず》き、ペットボトルを口にくわえ、スポドリを飲みだした。

え、なに。飲ませるフリして自分が飲むの？　貴族の遊び？　飢えた庶民の前で食べるステーキが一番美味《うま》いんだ的な!?

そう叫びそうになったわたしだったけれど、いや、なんだか様子がおかしい。

「ふぇふふぉ」

まるでハムスターみたいに頬を膨らませながら、少女がにじり寄ってくる。ま、まさか
――!?

「ちょ、どうする気!?」

「ふぉふぁふぇふふぇふふぉ」

「ああっ、ですのって言ってるのだけはなんとなく分かる！　むしろそれしか分からない

けど――なになになに!?」

少女は一般的なパーソナルスペースを踏み越えて、イスに座ったままのわたしの上に乗ってきた。そしてぐっと顔を近づけて――

「ちょ、待って!? うそ! うそだよね!?」

「ふぇふふぉ」

「ですのじゃなくて! ストップストップぅ!!」

暑さでどうにかなりそうだったけれど、この状況にもどうにかなりそうだった。

このデスノ系外国人風美少女は、身動きができないわたしにスポドリを飲ませるために、まさかの口移しをしようとしているらしい!

「ちょ! だめ! だめだよ! もっと自分を大事にして! あなたの国だと普通かもしれないけどここは日本だから! ローマの道はローマに通ずだから!!」

「ふふぉふふぁふぇふふぉ」

少女はわたしが暴れるのを止めようと、がしっと頭を掴んできた。

ぐぬっ!? この子、力めっちゃ強い!? このままじゃ、押し切られる……!

ご、ごめんなさい、由那《ゆな》ちゃん、凜花《りんか》さん……わたし、初めて会ったよく分からない子に唇奪われちゃう――

そう、すべてを諦めてしまいそうになった瞬間、屋上のドアが勢いよく開く音がした。

「なにやってるの咲茉《えま》っ！」

――ブフッ！

「ぎゃあっ!?」

「お姉さまっ!!」

……今起きたことを説明しよう。

屋上に来た誰かに反応した少女は、そちらに気を取られ、反射的に口に含んでいたスポドリを吹き出したのだ――わたしの顔面めがけて。

少女はわたしのことなんか最初から無かったみたいにそっちへ走って行った。わたしは屋上のドアには背を向けているから見えないけれど……ああ、結局スポドリのシャワーは浴びせられてしまったらしい。

助かったというか、やられたというか……。

「お姉さま！　わたくし、やりましたですの！」

「ええ、メッセージを見たわ。まったく、なんてことを……」

貞操は奪われなかったけれど、別の尊厳みたいなものが奪われた気がする。なにかははっきり分からないけれど。

ただ一個、むりやり良かったことを探せば、暑いという点は若干改善されたということだ。

一応水分的なものを浴びたわけだし。汗とスポドリのベタベタが合わさって不快感は激増ししたけど。

「……間《はざま》さん」

そういえば昼休みはどうなったんだろう。戻らないと二人に心配されちゃう……なんて思っていると、足下からチャイムの音が聞こえてきた。どうやら五時間目が始まってしまったらしい。

「間四葉《よつば》さん」

「はぇ？……え？　ふ、副会長ぉ!?」

名前を呼ばれ振り返ると――そこにはあの外国人風美少女を腰に抱きつかせた黒髪ロングの美女が立っていた。

わたしは彼女を知っている。いや、わたしだけじゃない。

彼女は間違いなくこの高校内では有名人に分類される人だ。それこそ由那ちゃんや凜花さんくらいに。

お尻くらいまでに伸びたストレートな黒髪は一切癖がついていない。多分大和撫子《なでしこ》ってこういう人のことを――

「ちょっと、ジロジロ見ないでくれるかしら」

「アッハイ」

冷たい声を浴びせられ、すぐさま視線をそらす。

わたしは彼女が苦手だ。なぜなら、きっと彼女はわたしを嫌っているから。

「もしかしてこれ、副会長——小金崎《こがねざき》さんの仕業ですか……？」

足下に視線を落としたまま、わたしは恐る恐る聞いた。

副会長というのは、彼女が生徒会副会長だから——じゃない。

他のなにか委員会に所属し、そこで副会長の座についているから——でもない。

彼女は、『聖域ファンクラブ』の副会長なのだ。

由那ちゃんと凜花さんの仲を尊び、その間に愚かにも割って入るわたしを敵視するファンの人達のナンバーツーなのだ！

初めてそれを知ったときは「どうして？」って思った。

小金崎さんは由那ちゃんや凜花さんと比べたって劣らないくらいタレント性のある人だ。

もしもわたしじゃなく、小金崎さんが二人の間に入っていたら、きっと敵意を向けられることはなく、今とは別のトライアングルな聖域が誕生していたと思う。

運動関係の噂《うわさ》は聞かないけれど、テストの成績は由那ちゃんに次いで良いし、すごく綺《き》麗《れい》だ。

ただ、冷たくクールな性格をしていて、誰かと仲良くしている印象は無い。『女帝』なんて本気なのか冗談なのか分からないあだ名をごく少数からは向けられているみたいでそれも副会長というポジションについているのか全然分からなかった……んだけど……。

──だから余計にどうしてファンクラブなんて俗っぽいものに彼女が入っているのか……

「…………」

そんな小金崎さんはわたしの質問に答えず、正面に立ち、威圧感たっぷりに見下ろしてきた。

彼女は副会長として、ファンクラブにおける聖域との関わり方を厳格に整備した人らしい。クラスが被《かぶ》ったことはないけれど、廊下ですれ違ったり合同授業の時には強い視線をぶつけられることもあった。

そんな彼女だ。今の尊さのかけらも無くにらみ合う聖域と、その間にいるわたしを見れば、こんな行動に出るのもおかしなことじゃないかもしれない……！

いわばわたしの一番の敵だ。ネズミにとっての猫。うさぎと亀。ハブとマングース。月とすっぽん…………あれ、合ってる？

「間さん」

「ひ……」

見上げれば、鋭い瞳が容赦なくわたしを貫いていて、暑さによるものとは違う汗が噴き出した。

「……うちの子が迷惑をかけたわね」

「ひ、ぁ…………え？」

迷惑をかけた、と言ったのか？　つまり、謝った？　あの副会長が、わたしに？

暑さによる幻聴なのかと思ったけれど、でも彼女は質素なハンカチを手に、優しい手つきでわたしの汗を拭いてくれた。

「咲茉」

「お姉さま？」

「どうしてこんなことをしたの」

「だってお姉さま言ってたですの。『間さんと一度話した方が良さそうね……』ですの」

うわ、声まね、すごくそっくり。

「確かに言ったかもしれないけれど、拉致しろとは言っていないわ」

「わたくしはお姉さまのための場をセッティングしたですの。拉致じゃないですの」

「……そうなの？」

小金崎さんがこちらを見てくる。わたしは先ほどのことを思い出し、すぐに首を横に振った。

「いや、あれは拉致です」

はぁ、と深い溜息《ためいき》を吐《つ》きつつ、こめかみを指で押さえる小金崎さん。

なんか意外ととっつきやすい雰囲気……？

「お姉さま……わたくし、失敗しちゃったですの……？」

「う……」

「また、お姉さまにご迷惑を──」

「そ、そんなことはないわよ？　ええ、そうね。咲茉《えま》がやらなければいつか私がやってい
たと思うもの。やっぱり咲茉は良い子ね……だ、だから、泣かないで」

「お姉ざまぁ〜!!」

……なんだ、これ。

咲茉と呼ばれた外国人風美少女が涙目になった瞬間、小金崎さんの『女帝』が崩れた。

そして現れたのは普通の女の子だ。気遣いができて、優しくて、人に泣かれるのが苦手な。

わたしが呆然《ぼうぜん》と見ていると、小金崎さんは気まずげに目をそらした。抱きついてきた少
女の背中を優しく撫《な》でながらだけど。

「……この子は静観《しずみ》咲茉。小さいなりだけれど、うちの一年生よ」

「一年……ですか？　こんなに目を引く子ならどこかで見たことありそうでしたけど」

「この間転入してきたばかりなのよ」

なるほど、それじゃあ知らなくても仕方ないかも。

でも小金崎さんは随分親しげで、静観さんの方もかなり慕っているみたいだ。

「私のことは今更自己紹介の必要は無いわよね、間四葉さん」

「あ、はい。小金崎《こがねざき》さんは有名人ですし」

「…………私は小金崎舞《まい》」

「あ、あれ？　自己紹介は必要ないって」

「私、有名人じゃないもの」

ツンと機嫌を損ねたみたいに顔をそらす小金崎さん。なんだか拗《す》ねてる？

「わ、わたしは間四葉です」

「知っているわ。有名人だもの」

今度は得意げに鼻で笑ってみせる。意趣返しのつもりなのかもしれないけれど、なんだか可愛《かわい》らしく見えた。

そして同時に、わたしが一年以上育ててきた『女帝なる副会長、小金崎舞』像ががらがら崩れていく……。

「……あの、もう一人いますよね？　挨拶するならその人にも出てきて貰《もら》った方がいいんじゃないかなーって……」

「もう一人？」

「わたしをここに運んだ人です！」

小金崎さんが顔をしかめ、静観さんの背中を叩《たた》く。

静観さんはびくっと肩をふるわせ、わたしの方を振り返ると——

「間四葉さんを運んだのは、わたくしですの」

「え？　でも……」

「わたくしが一人で眠らせて、ここまで運んだですの」

「眠らせた？　咲茉、まさか貴方《あなた》また——」

「はっ！　違うですの、お姉さまっ！　眠らせたといっても、ハンカチでですの！　技は使ってないですの！」

技？

「咲茉は子どもの頃から親に武術を仕込まれてるのよ。その気になれば成人した大人でも……然《しか》るべきところに送れるような」

「技ってそういう技ですかっ!?」

「この子の親、親バカなのよ。だからナンパされても自衛できるようにって……」

「ほ、本当に使ってないですの！　ドラマで見たみたいに、ハンカチを口に当てて眠ってもらったですの！」

そう必死に訴える静観さんだけれど、これは事実ではない。

あのハンカチに眠くなる薬品は塗られていなかったし、それに寝たふりをしたわたしが聞いた「念のため落としておくですの♪」とその後に来た衝撃は——そういうことだろう。

でも、それを言ってしまったら多分静観さんは小金崎さんに怒られてしまうに違いない。

なんて、そんなことを考え、気を使ってしまうあたり、わたしも自分で自分をお人好《ひとよ》しと思わずにはいられなかった。

「そ、そうなんですよ。ハンカチ当てられて眠くなっちゃってぇ～」

「ハンカチって……クロロホルムはどこで手に入れたの？」

「クロ……ですの？」

「あー！　ええとですね！　多分薬的なものは塗られてなかったんじゃないかなって！　でも不思議なもんですね！　わたしもドラマで観《み》たからかな!?　ハンカチを口に当てられたら眠くなっちゃったんですよね！　たぶんあれです！　思い込みが身体《からだ》に影響を与える的な……ええと……確か、そう！　フラダンス効果！」

「プラシーボ効果ね」

「そうとも言いますっ！」

あ、溜息吐かれた。小金崎さん的にはバカが二人に増えたって感じなんだろうな。

「……まぁ貴方がそれでいいならそれでいいわ。疑って悪かったわね、咲茉」

「全然ですの！　お姉さまからなら疑いの視線もご褒美ですの！」

大概だな、この子も。

「……まぁとにかく、これでお互いの素性もハッキリしたことだし、話を進めましょう。五時間目もサボってしまったわけだしね……」

小金崎さんは憂鬱な表情を浮かべる。そりゃあ彼女は優等生だしサボりは嫌に違いない。でも静観さんからメッセージが飛んできちゃったから慌てて駆けつけてくれたんだろうな。

「間四葉《はざまよつば》さん、今更隠しもしないわ。咲茉の言うとおり、私は貴方に用があったの。もちろん理由は分かっているわよね？」

「はい……なんとなく、分かっているんですけど、でもその前に——すみません、紐《ひも》、解《ほど》いてもらってもいいでしょうか……？」

立場的には多分やっぱり彼女は敵で、わたしの存在を快くは思っていなくて、そんな状況からしてわたしが紐を解いてくれなんて言える立場には無い。

でも、ここに来てからの小金崎さんを見ていると、なんとなく対応してくれるんじゃないかって気がした。

◇◇◇

初めて小金崎さんと出会ったときのことは今でも鮮明に覚えている。

まだ永長《えいちょう》高校に入ったばかり——それこそ今ぐらいの時期だったか。

その日、わたしは掃除当番で、いっぱいになったゴミ箱を一階のゴミ捨て場へと運ぶところだった。

「間四葉さん」

そんなゴミ箱を運ぶ最中のわたしに声をかけてきたのが小金崎さんだった。

階段の前で、壁に背を預けながら、窓の外を眺めていた彼女はすごく絵になった。

隙間風でなびく髪がまるでカーテンみたいに優雅に揺れていた。

声をかけてきたのは彼女なのにまったくわたしを見てなくて、そんな彼女への第一印象は「変な美人だな」だった。

「少しいいかしら」

「あ、ごめんなさい。ゴミ箱運んでるので」

つい反射的に答えていた。

彼女は「信じられない」と言いたげに動揺した目を向けてきて、その動揺っぷりにあてられ、わたしまで焦ってしまった。

「あ、いや、えと、わたしがゴミ出しから帰らないと他の当番の子も帰れないのでっ」

「……そうね、それは大事だわ、ええ」

その声はちょっと震えていた。

当時のわたしはそれが怒りによるものだと思っていたけれど、今思えば少し違ったのかもしれない。

「ひえー、美人に話しかけられちゃったよ！」なんて思いながら、早足で階段を降りるわたし。

この頃すでに由那《ゆな》ちゃん、凜花《りんか》さんと友達になっていたけれど、それで美人に耐性がつくわけでもなくて、なんか妙に得した気分になっていた。

と、ここで終われば良かったのだけれど——

（あ、まだいる）

ゴミを捨て終えて戻ると、まだ美女は同じ場所に立って、わたしに声をかけた時と同じ感じに窓の外を眺めていた。

（なにやってんだろ……？）

暇なんだろうか？　いや、待ち合わせとかだろう。美人だし。

と、美人に対する偏見を爆発させつつ、なんとなく気配を消しながら横を通り過ぎるわたし。

最初は向こうから声をかけてくれたわけだけれど、たぶんもうわたしには興味ないだろうし、ジロジロ見てたら失礼だろうし。

そんなこんなで教室に戻り、掃除を終えた。

その頃はまだ今ほど孤立もしていなかったので「じゃあね」「また明日」なんて声掛け合いながら解散しつつ、これまたその頃はまだ勉強に対する意識もちょっと高かったので、その日の授業のノートを見返したりしていた……「あれ、自分で書いたはずのノートなのに全然内容分かんないぞ？」なんて思うのは今と変わらないけれど。

掃除当番なので由那ちゃん、凜花さんにも先に帰ってもらってて、形だけの自習をほどよくやり終えたわたしは、夕日で教室が赤くなるくらいにようやく教室を出て――

「え？」

つい、肩にかけていたカバンを落としてしまった。

だって、先ほどの美女がまだ同じ場所に立っていたから。

「……！」

彼女は苛立《いらだ》ったように足をパタパタさせていたけれど、わたしが教室から出てきたのを見つけると、驚いたように目を見開き――そしてギロリと睨《にら》んできた。

「あ、あの、ええと――」

まさかわたしを待っていたのだろうか……？

でも、彼女から発せられる圧力にビビったわたしはそう聞くことも、なんなら彼女の方に歩いて行くこともできなくて。

そんなわたしに痺《しび》れを切らしたのか、彼女の方からわたしの方へと歩いてきた。

――殴られる！

そう直感し身構えるわたし。

けれど衝撃は来なくて、足音もわたしの前では止まらなくて――

「夜道には気をつけることね」

「え……!?」

すれ違いざまに、彼女から発せられた一言は詩を詠《うた》うみたいな美しさと、同時に心臓をきゅっと握り締められるような恐怖を感じさせた。


それが彼女——小金崎舞さんとの出会い。

後から知ったけれど、小金崎さんは『聖域』と同中だったらしい。とはいえ、二人も小金崎さんとはそんなに接点が無かったみたいだけど。

そしてどういう経緯か、聖域ファンクラブの中核にまでなり、『女帝』と呼ばれるほどの統率力を発揮して——わたしは『夜道に気をつけろ』という警告の意味をはっきり理解した。

即《すなわ》ち『お前を殺す』だ。ひええ、なんなのあの人。

結果、わたしは小金崎さんに対し全面的な恐怖と苦手意識を抱くこととなる。二年生になったとき、同じクラスになってしまっていないか最初に名前を探す程度には。

◇◇◇

――あの日のわたしが、今目の前に広がる光景を見せつけられたらどう思うだろう。

そんなことをわたしは、わたしを拘束していた紐を解き、締め付けられて赤くなった箇所を丁寧に揉《も》んでくれる小金崎《こがねざき》さんを見ながら思っていた。

「あの、小金崎さん……」

「……何？　痛む？」

「あ、いや、そうではなく……その、初めて会ったときのことって覚えてます……？」

「…………忘れたわ」

小金崎さんは明らかに不自然な間を置き、気まずげに目をそらした。

逆に、隣にいた静観《しずみ》さんが目を光らせた。

「お姉さまとの出会いですの？　知りたいですの！」

「面白い話じゃないわよ」

あれ、小金崎さん。さっき覚えてないって――

「お姉さまのことだったらなんでも知りたいですの！　いつか原稿にまとめて出版するですの！」

「それは絶対やめて。本当に。お願い」

「こればっかりはお姉さまの頼みでも聞けないですの！　お姉さまの素晴らしさを後世に残すことこそ！　わたくし、静観咲茉《えま》の天命ですの!!」

「か、かっこいい……」

「間さん、咲茉が調子に乗るから本気にしないで。あと絶対に初対面の時の話はしないように」

ギロリと睨まれ、わたしは反射的にこくこく頷《うなず》いた。

でも、そんなに恥ずかしい何かがあっただろうか……？

「話したら殺すから」

いや、あったんだ――そうハッキリ分かるくらい、小金崎さんの殺気は凄《すさ》まじく、わたしはただ頷くしかできなかった。


「それで本題だけれど」

わたしに静観さんが持っていたスポドリを渡し、コホンと咳払《せきばら》いを挟んだ小金崎さんはそう改まる。

「百瀬《ももせ》さんと合羽《あいば》さんのこと、貴方《あなた》も気がついているわよね？」

「は、はい。もちろん。友達ですし」

言えない。今日の今日まで気がついてなかったなんて。

「ここ数日で、二人が険悪な空気を出しているって報告がファンクラブ内に複数集まっているの。その原因が貴方にあると名指しする声もあるのよ、人気者ね」

「それは人気とは言わないと思うんですけどね……」

「そうですの！　さっきも女の子に囲まれてたですの！」

「へぇ？　大変ね」

人気者という言葉を真に受け、きらきら目を輝かせる静観さんと並べれば、小金崎さんの笑顔は相づちのためだけのものだとよく分かる。

「でも別に今に始まったことじゃないわよ。元々貴方が聖域と関わるのを快く思わない子はたくさんいるの。ほら、アイドルファンとかでも距離感間違えてぐいぐい行く人は嫌われるでしょう？」

「まぁ……はい」

アイドルのことはよく分からないけれど、言いたいことは分かる。

なんたって普段から強い視線に晒《さら》されているのだ。まぁ、それでも今日の今日までいじめらしいいじめにならなかったのは、わたしの天性の雑魚キャラ感によって取るに足らない存在だって思われてたからだと思うけど――

「今までは私が抑えていたの」

「え？」

「ファンの子達《たち》が過激な行動に出ないようにルールを調整したり、貴方の……まぁ、悪評みたいなものを流したりして、敵意を削《そ》いでいたのよ」

つ、つまりわたしがこれまでびくびくしながらも安穏と過ごしてこられたのは小金崎さんのおかげということ……？

つまりわたしは雑魚キャラだったわけじゃなかったのか!!　むしろあの小金崎さんが手を尽くすほどの特別な存在――

「まぁ、実際貴方が取るに足らない無害な存在だったことは確かだしね」

「上げて落とされた!?」

「……？　誰も上げてないわよ？」

そうでした。ただただわたしが雑魚キャラであると認識されただけでした。

「まぁ……あえて褒めてあげるなら、貴方があの二人と仲を深めながら、それでも変な欲を掻《か》かずに身の程を弁《わきま》えていたことね」

「バカにしてます？」

「はっきり言って、私のキャラクターに合わない位には絶賛しているわ」

全然褒められてる感じがしないんだよなぁ。別にいいけど。

だてに褒められることが稀《まれ》な人生を送ってはいないのだ。

「もしも貴方があの二人を利用して何か企《たくら》んでいたなら、私はどんな手を使っても早々に貴方を排除していたもの」

映画の中でしか聞かなそうな仰々しいセリフだけれど、小金崎さんの表情はいたって真剣で、わたしはつい生唾を飲んでしまう。

「ただ、貴方は彼女達にとってただの友達だった。だから……ファンの子達が快く思わなくても、見守ろうと決めたの。あの二人にはファンとアイドルという線を引くことで結果的に孤立させてしまった罪悪感もあったから……」

顔を俯《うつむ》かせ、苦しげに表情を歪《ゆが》める小金崎さん。

わたしは彼女が何を考えているのか分からないけれど、でもファンの人達を、そして由那ちゃんと凜花さんを必死に守ろうとしてくれているのは分かった。

そして多分、わたしのことも。初めて会ったときの、「夜道には気をつけなさい」という言葉も、「隙を見せたらブッコロスぜ」なんて犯行予告的な忠告じゃなくて、文字通り心配からくる忠告だったんだと思う。

……まぁ、だとしたらすごく不器用だけど。変に気を使ってわたしの用事が終わるまで待ったりとか。

「……なによ、その顔。ムカつくわね」

「ムカつく顔してました!?」

「ええ、人のこと勝手に理解したって勘違いしてる感じの表情」

むすっと口をへの字に曲げる小金崎さん。

「勘違いしないで。言っておくけど、私は貴方の味方じゃないから」

「えっ、そうなんですか!?」

「……そんなに驚く？」

「だって、小金崎さんはすごく優しいですし、ちょっとドジっけがある感じとかも可愛《かわい》いですし、友達になれたらいいなぁ……なんて思ったりしちゃうくらいで」

って、何言ってんだわたし!?　いや、確かにそう思わなくもないけど！

でもでも、わたしには由那《ゆな》ちゃんと凛花《りんか》さんがいるんだから――いや、友達だったら浮気にならないよね？　既に二股してるくせに浮気の心配かって感じもするけど。

……ていうか小金崎さんから反応が無い。正直、「調子に乗るな」的な厳しいお叱りを受けると思ったけど……。

「………………」

小金崎さんは口を半開きにしたまま固まっていた。驚くような、でもこちらを訝《いぶか》しむような、そんな表情を浮かべて。

「あ、あの……？」

「見る目あるですの！」

「わっ!?　静観さん!?」

ずっと静かにしてたから存在を忘れてた！

「お姉さまは優しいですの！　可愛いですの！」

目をキラキラさせながら、今日イチ楽しそうに言う静観さん。

その熱量にあてられつつも、彼女が小金崎さんのことを本当に大好きだってことが伝わってきてほっこりする。

もしかしたら、これも百合《ゆり》なのかもしれない。

静観さんから小金崎さんに向けられた感情は、紛れもなく友情を超えた愛って思える。

まぁ、それを受け取る小金崎さんはお姉さんっぽい大人な対応で、ちょっと一方的な感じもするけれど。

「お姉さまの魅力が分かったならもうわたくし達は同志ですの！　友情ですの！」

「あ、ありがとう、でも、静観さんには敵《かな》わないよ」

「それは当然ですの。なぜならわたくしはお姉さまの愛でできているんですの」

「愛？」

「愛ですの。お姉さまは日本に来て間もないわたくしに優しくしてくれたですの。日本語が喋《しゃべ》れるようになったのもお姉さまのおかげ——むぐっ」

「余計なこと喋らないで」

静観さんの口を手で塞ぎ、強制的に会話を終わらせる小金崎さん。ほんのり頬が赤くなっている。

「まったく……いきなり変なことを言うから咀嚼《そしゃく》するのに時間がかかったわ」

「あの、小金崎さん」

「……なによ」

「静観さんに日本語を教えたって――」

「この子、中学入るまでずっとスウェーデンの方で暮らしてたのよ。彼女自身ハーフだし。だから、日本に来たばっかりの時は私が日本語を――」

「じゃあ、彼女の『ですの』っていうのは……？」

「っ！！！！」

「日本語を小金崎さんが教えたってことは、もしかして口調も小金崎さんから影響を受けたんじゃ……」

「…………」

「あはは、なーんて考えすぎですかね？　別に小金崎さん、ですの～なんてお嬢様みたいなしゃべり方してないですし――」

「間《はざま》さん」

「はい？――ひっ」

　小金崎さんは笑顔だった。これ以上無く、とびっきりの笑顔だった。

　でも、笑ってない。笑顔だけど笑ってない！　思わず背筋が寒くなる系の笑顔だ！

「余計な詮索をされたくないから言うけれど、私と咲茉が通っていた中学は、いわゆるお無いのよ」

嬢様学校だったの。マナーとか言葉遣いとかに厳しい感じの。だから変なことなんか何も

「そ、そうなんですね……？」

「ええ、仮に私が貴方の言うお嬢様言葉を喋っていたとしても、それは私が変なわけじゃなく、環境がそうだっただけ。むしろスタンダードなの。貴方だって日本に生まれたから日本語を喋っているでしょう？　それと同じよ。方言の有る地域に生まれてればきっと方言だって喋ったはず。当然よね？」

「あ、あの、小金崎《こがねざき》さん……？」

「そうだ間さん。貴方も一度あそこに行ってみればいいわ。そうすれば私の言っていることがよく分かるでしょう。ええ、名案だわ。きっと貴方の性に合いますわよ。ご心配せずともすぐに馴染《なじ》めると思いますわ。皆様とっても良い方ばかりで――」

「ちょ、ストップストップ!!」

明らかに普通じゃなくなった小金崎さんを必死に止める。

どうやらわたしは小金崎さんの地雷を踏んでしまったらしい……！

「………お願い、忘れて」

「は、はい。早急に忘れます！　というかもう忘れました！」

止められ、自分の言っていたことを――多分途中から本当にお嬢様口調になってしまっ

ていたことを思い出したんだろう。

小金崎さんは怒るでもなく、恥ずかしさで顔を赤くするでもなく、泣いてしまいそうになるのを必死に堪《こら》えるみたいに俯いてしまった。

好奇心はなんちゃら（たぶんニュアンス的に強いヤツ）も殺すって言葉をなんとも実感させられた。特にわたしなんてクソザコの部類だからな……好奇心さんも息をするように首を刎《は》ねてくるだろう。くわばらくわばら……。

◇◇◇

わたしがうっかり踏んだ地雷の威力は本当に凄《すさ》まじかったらしく、すっかり落ち込んでしまった小金崎さんをなだめる内に五時間目終了のチャイムも、六時間目が始まるチャイムも流れてしまった。

途中、スマホが何度も震えたのはきっと由那ちゃんと凜花さんが心配して連絡してくれていたからだと思うけれど、残念ながらそれをチェックする余裕はなかった。後で謝ろう……。

「あの、スポドリ飲みます……？」

「……（コクン）」

屋上のフェンスに背中を預ける形で並んで座りながら、わたしはただただ気まずさに押しつぶされそうだった。

でも、小金崎さんを放って行くわけにもいかないし――不幸中の幸いというか、ちょうど空には雲が出始めてクソアツ太陽くんを隠してくれたおかげで、ちょっと涼しくなったのは良かった。

そうだ、この調子で良いことを探していこう。ポジティブだ、ポジティブ！　わたしまで暗くなっちゃったら、いよいよここは地獄と化すわけだし！　曇天は眺めてちょっと気分落ちるよね、なんて考えちゃダメ！

まぁポジティブとか、場を明るくするという意味ではわたしなんかより、静観《しずみ》さんの方が適任なんだろうけど――

「すぅ……すぅ……」

その本人はわたしの反対側、小金崎さんの隣に座り、彼女に寄りかかりながら気持ちよさそうに寝息を立てていた。

ああ、疲れちゃったのかな……なんだかそのマイペースさがうらやましい。

「ごめんなさい、気を使わせて」

「え、いや……確かに驚きましたけど」

「恥ずかしいところを見られたわね……」

「そんな、全然恥ずかしいことなんかないですよ。わたしなんて恥ずかしいことばっかですし！」

「その恥ずかしい貴方《あなた》に恥ずかしいところを見られたのが余計恥ずかしいの」

「なぁっ!?……なんか、意外と余裕ありますね」

わたしのツッコミに、小金崎さんが伏せていた顔を上げる。

その表情は笑顔――なんだけど、口の端は引きつってるし、ぎゅっと握った拳は腕ごとぷるぷる震えてるし、なんというか強がってるのが見え見えだった。

「そうね。嫌なことを思い出しはしたけれど、所詮過去は過去だし？」

「……そっすね」

必死に平静を装う彼女を、わたしはもう追及するのはやめた。本人がそれでいいということにするならそれでいいんだと思う。

藪《やぶ》をつつけば蛇が出る、ということをわたしはしっかり学んだのである。

「あの、小金崎さん」

「…………なに」

「いやそんな警戒しなくても！　わたしが話したいのは由那ちゃんと凜花さんのことで……」

「ああ、その話」

「そもそもそれが本題でしたよね!?」

「ええ、もちろん。そう……ええと、そうね、うん、待って。何が言いたかったか思い出すから」

やっぱり全然立ち直ってない!!

「あの、由那ちゃんと凜花さんが険悪な感じを出しちゃうことがあって、それでファンの人達《たち》が怒っているから、二人が前までみたいに仲良しに戻れば……っていう話だと思うんですよね。たぶん」

今までの話と、そこから推測できる着地点をわたしなりに考えて提案してみる。

周りに参っている人がいると反比例的にこっちが落ち着いてくるの法則っ！……なんてものが本当にあるかは知らないけれど。実際今のわたしはわたしにしては冴《さ》えている気がする。

「……そうね。その通りよ」

なんだか小金崎さんも意外そうだったけれど、確かにそう頷《うなず》いてくれた。

「もしも関係が修復できれば、ファンの子達にも今ならまだ、『二人の虫の居所が悪かった』って誤魔化せると思うのよね。ほら、女の子の日だったとかで」

「……二人同時にですか?」

「それはそれで喜ぶんじゃないかしら。たぶん。まぁ、理由はなんだっていいのよ。実際にまた二人が仲睦《むつ》まじい姿を見せてくれさえすればね」

　そして、それはわたしにかかっている——そう言いたげに、小金崎さんの鋭い眼光がわ・たしを貫く。

「これは貴方にしかできないわ」

「な、なんだか期待が凄《すご》い感じが……」

「期待くらいするわよ。だって、貴方はあの二人にできた、唯一の友達なのだから」

　友達。実際には友達とはちょっと違ってしまったけれど、でも、そう認めてもらえるのは素直に嬉《うれ》しい。

「さっき私、貴方がもしも良からぬ目的で二人に近づいたなら排除しようと思ったたって言ったわよね」

「は、はい」

「でも、今は違う。今や貴方は彼女達にとって掛け替えのない存在になっていると思うの。だから——」

　思わず息をのむ。

　その表情はあたたかく、けれど、どこか——何かを羨むような、そんな寂しさが滲《にじ》んでいて、なぜだか胸が締め付けられる。

「お願い。貴方に頼らせて」

どうして彼女がそんな顔をするのか——なぜそれほど真剣に由那《ゆな》ちゃんと凜花《りんか》さんのことを心配してくれるのか、わたしにはわからないけれど。

でも、今日までずっと敵だと思っていた彼女が、わたしの味方になってくれていることは確かで……なんだか、それってすごく頼もしい。

「はいっ、任せてください！」

「……ちょっと意外。随分自信満々なのね」

「だってわたし、二人の——その、二人のこと大好きですからっ！」

二人の友達だからと言おうとして、やめる。わたしと二人の関係は友達じゃなくて、小金崎さんにも言えないようなものだから。

でも、二人を大好きだって気持ちは嘘《うそ》じゃない。二人には仲良しでいてほしいし、いつも笑顔でいてほしい。だから、わたしにできることならなんだってしたい。

「……ふふっ。あははっ！」

「え、笑うところですか!?」

「だって、貴方らしくないんだもの」

何がツボにはまったのか、小金崎さんこそらしくない笑い声を上げる。

やっぱりわたしこの人のこと分からないっ!!

……まぁでも、悲しそうな顔されるよりはずっといいので、わたしはおとなしく笑われることにした。

体育座りして立てた膝に、ちょっとムズムズする口元を押しつけ隠しながら。

◇◇◇

「ふふぁ〜……」

小金崎さんと仲を深めた――かは分からないけれど、理解は確実に深められた夜。

わたしはお風呂にゆったりつかりながら、間抜けな鳴き声を吐き出していた。

お風呂は命の洗濯なんていうけれど、だらーっとしていると洗濯どころか命ごと溶けていきそうな感じがする。

ほら、寒いときにお風呂入ると、なんか心臓がキュンとなって危ないとか言うし、案外凶暴なやつなのだ。まぁ、今は暖かい時期なので関係ない話だけど。

「にしても、今日はなんだか疲れたなぁ……」

だらーっとしつつ、ついつい独り言を呟《つぶや》いてしまう。

普段よりもお風呂の破壊力が高いと思うのは、それだけ今日が濃かったからだろう。いや、今日だけじゃなくここ最近ずっとと言うべきかもしれない。

遡れば、ちょっと前に由那ちゃん、凜花さんとお付き合いすることになって、それぞれとデートして、学校ではファンクラブの人達に圧力をかけられて、小金崎《こがねざき》さんに釘《くぎ》を刺されて――こうしてまとめてみると、この登場人物の中で一番の悪人はわたしな気がする。

だってわたしは二股をかけているわけだし、それがバレればファンの人達ももっと怒るはずで、小金崎さんからも敵認定されてしまうだろうし……。

「あれ……？　ていうか、由那ちゃんと凜花さんがケンカしてるのって、もしかしてわたしのせいじゃ……？」

ここ最近で二人に起きた一番大きな変化といえば、わたしと同じで、わたしと付き合い始めたことだと思う。

二人からすれば一対一の、二股なんて縁の無い清い関係なので全然問題なんか無いのだけれど、それってつまり、由那ちゃんから見れば凜花さんが、凜花さんから見れば由那ちゃんが、わたしとは友達のままってことだ。

恋愛によって友情が崩壊するなんて話、ネット上にはたくさん転がっている。今もお風呂にこっそり持ち込んだマイ防水スマホで、「恋愛　友情」と検索窓に打ち込んでみれば、サジェストで「壊れる」がくっついて出てくる。この二つは水と油なのだ。

だから、もしも……もしもの話だけれど。

二人の関係に本当に確かな不和が生じていて、それが「恋愛　友情　壊れる」に紐付《ひもづ》くものであれば……すべての元凶はわたしなのでは……!?

「な、なんてことだ……！」

とんでもない衝撃だ。アメイジング――じゃなくてオーマイガだ！

小金崎さんには「わたしがなんとかしますよ！」的に自信満々に息巻いておきながら、もしも本当にわたしがすべての元凶だったら、それはまるで放火魔が自ら火を付けた火災現場に消防士として駆けつけるみたいな話で――

「これってマッチポンプというやつでは……？」

別の言い方をすれば自作自演。でも、一番の問題は元凶であるわたし自身が、今起きている問題の解決方法を知らないということだ。

ボヤを起こしながら消化器を持っていない。自分で脚本を書きながら演技力が壊滅的……みたいな。

「どうしよう……どうしたら……」

もしもわたしの頭が良ければ、ぴかーんと解決方法を閃《ひらめ》くんだろうか。

でも答えが欲しいと願ってもわたしの頭がポンコツである事実は変わらない。ああ、せめて今だけでも奇跡が――

「そうだっ！」

わたしはぽちぽちっとスマホを操作し、耳に当てる。数回コール音が聞こえ、そして――

『……もしもし？』

「出たっ!!」

『……切るわよ』

「わーっ!? たんま！ ストップ！ フリーズっ!!」

『何よ、いきなり』

電話の相手は小金崎さん。

今日の別れ際に連絡先を交換してもらっていたのだ。

「何かあったら電話してって言ってたじゃないですか」

『ええ』

「その何かがあったんですよ!!」

『…………』

沈黙。いや、呆《あき》れたような溜息《ためいき》が聞こえた。

『それは随分と……急な話ね』

「ふふふ……困りごとというのは突然やってくるのですっ」

『自信満々に言うことじゃないわ』

事実なのに。

でも、電話をかけられた側の小金崎さんからしたら確かに突然で、心の準備ができてなかった可能性はある。

「すみません、今、大丈夫でした？」

『何よ、改まって……まぁ、大丈夫だから電話に出たのだけれど』

「もしかして……お風呂ですか？」

『バカなの？』

あまりにもストレートすぎる罵倒に涙が出そうになった。

『お風呂に入っていたら貴方《あなた》からの電話なんか出ないわよ。ていうか携帯壊れちゃうし』

「あ、小金崎さんの携帯って防水じゃ――そっか、ガラケーですもんね」

『……確かにガラケーだけれど、ガラケーだから防水じゃないわけではないわよ。防水のガラケーだってきっとあるわよ』

「あるんですか？」

『きっと、たぶん』

自信なさげ……というか、「んなこと私に聞くな」と言いたげに投げやりな返事が返ってくる。

小金崎さんは今時絶滅危惧種にも思えるガラケー派だ。小さい頃に持たされたものをずっと使い続けているらしい。

物持ちがいいというか、逆に無頓着というか……本人曰《いわ》く使えるからいいとのことだけれど、ガラケーじゃチャットアプリも入れられないし、動画もまともに見られないだろうし、わたしからしたらそれはもう使えるの範疇《はんちゅう》ではないのだけれど。

「待って。貴方はお風呂に入りながら電話をかけてきているの？」

『そうですか……じゃあお風呂に入ってるのはわたしだけですね……』

「そうです」

『……バカなの？』

二度目の「バカなの」いただきました。ただ二回目の方がちょっと心配している感じがこもってて、なぜか余計に傷ついた。

「一秒でも早く小金崎さんと話したかったんですよぉ！」

『逆ギレ……』

「むしろなんで小金崎さんはお風呂入ってないんですか！　不潔じゃないですか⁉」

『もう出たからよ！　タイミングが合わないからって勝手に不潔扱いしないでくれる⁉』

そりゃそうだ。言いがかりにしたってもっとマシなのがあっただろうとわたしは反省した。

『それで、わざわざお風呂からかけてくる用事って何。出てからじゃ駄目なわけ？』

「もちろんです。カキュウ的速やかに、というやつです。……いや、ジョウキュウ？」

『可及的のカキュウは上級下級の下級じゃないわよ』

「へぇ……」

『これ、今度のテストに出るから』

「マジですか」

『うそ』

「………」

からかわれた。バカをもてあそばれた。

『それで、本題は？』

「そうでした。危うく脱線するところでした」

『そうね。完全にしてたと思うけれど』

「小金崎さんに相談したいのはズバリですね……二人をどうやって仲直りさせればいいか分からなくて！」

『………？』

沈黙。ただ、これも先ほどのとは違って、「何言ってんだこのバカは」と言いたげな沈黙だった。

『それって、そんなに緊急の用事かしら……』

「重要ではありますっ」

『ええ、そうね。重要ではあるかもしれないのだけれど……お風呂からわざわざ……』

「小金崎さん？」

小金崎さんの声はどんどん小さくなっていって、そしてもう今日何度目かの溜息が聞こえた。

『とりあえず、待っててあげるから先にお風呂出ちゃいなさい』

「え、でも……」

『なんでかしらね。このままだと貴方がのぼせて倒れる未来が見えるの。とにかく、そういうわけだから』

そう一方的に電話を切られてしまう。

なんだろう、小金崎さん、わたしのこと随分と見くびっちゃいませんかね？

そもそもこの電話をかけたのはわたしだ。自分のことを誰よりも分かっているのは自分──とはちょっと言えないか。衝動のままに二股かけたわけだし。

でも、自己管理くらいちゃんとできてるはずだ。もう何年も風邪一つ引いてないし、この間だって完璧な作戦でダブルブッキングを回避したばかりだ。

それこそお風呂に長くつかりすぎてのぼせるなんて、そんなの都市伝説かって思えるほどに経験がない。

体力はあんまり無いんだけど、なぜだか健康なんだよね。もしかしたら天才なのかも。健康の天才！

「お姉ちゃん」

脱衣所の方からわたしを呼ぶ声がする。桜《さくら》ちゃんのちょっと不機嫌そうな声だ。

「いつまで入ってんの？　次待ってるんだけど」

あ、ごめんなさい。

のぼせるのぼせない以前に、五人家族のお風呂ローテーション的に長湯はよくなかった。

グッジョブ、小金崎さん。

わたしは桜ちゃんに返事しつつ、湯船から立ち上がり——あれ？

わたし今ちゃんと返事したっけ……？　口は開けたけど、なんか、声が出てなかっ——

（あれ、視界がぐわぐわんする）

電球の光がやけに眩《まぶ》しい。呼吸もしづらくて、桜の声も聞こえづらくなって——足に力が入らない……。

——バタンッ！

「えっ!?　ちょ、お姉ちゃん!?　お父——はダメ！　お母さーん!!」

気がつけば倒れていた。身体《からだ》が痛い。

慌てて桜が浴室に駆け込んできて、すぐにお母さんを呼ぶ。

そんな声も、ジーッという耳鳴りがどんどん大きくなっていって、やがて聞こえなくなる。

わたしは意識こそ保ちながらも、ただただボケーッと脱力するしかなかった。

間四葉《はざまよつば》、十六歳。初めてお風呂でのぼせるの巻………。

◇◇◇

それからはそりゃあもう大変だった。

浴室でぶっ倒れたわたしは当然びしょびしょの素っ裸だったので、桜とお母さん、そして葵《あおい》の三人総掛かりでわたしの身体を拭き、リビングに運び、氷のうを乗っけて、うちわで扇《あお》いで——と、中々手厚く看病させてしまった。

ちなみにお父さんは早々に寝室へと引っ込ませられた。申し訳ないけれど、花も恥じらう乙女的には、当然と言わざるをえない。今度お父さんが好きなチーズが入ったハンバーグ作るから許して。

……なんて、自分でも随分余裕だと思うけれど、実際に看病してもらっているときはろくに自分じゃ動けなくて、どこか夢見心地な気分だった。

お母さんからは「まったく、高校生にもなって」とか「お風呂でスマホいじるんじゃないわよ」とかお叱りの言葉をいただいたけれど、「あー」とか「うー」みたいに唸《うな》るので精一杯だった。

でも弁明したい。わたしがお風呂でのぼせたのはこれが初めてなのだ。いつものことみたいに手慣れた感じで処理するのはどうかと思う。わたしからすれば大人の階段をまた一歩上ったと言っても過言ではないくらいのできごとなのだ。

「お姉ちゃん、大丈夫？」

そうわたしを気遣いつつ、葵がうちわで扇いでくれる。ああ、優しいな我が妹。

ちなみにもう一人の妹は今お風呂に入ってる。でも薄情と思わないでほしい。必死にお母さん達《たち》を呼んでくれたし、お父さんを部屋に押し込んでくれたし、身体拭いてくれたし。

桜はちょっとツンツンしてるけれどやっぱり優しい妹なのである。事故現場みたいなお風呂に入れさせることになって罪悪感しかない。桜にも好物用意してあげなきゃ。

いや、それを言うならお母さんにも、葵にもそうだ。好物好物。食べ物ですべてを解決しようとする汚い長女でごめんなさい。

「葵、お姉ちゃんは？」

「わっ、桜ちゃん烏《からす》の行水！　いつももっとゆっくり入ってるのに」

「べ、別にお姉ちゃんが心配だったからとかじゃないわよ。ただ、お姉ちゃんがこんなになるなんて初めてじゃない？　だから、お風呂に変なウイルス的なものが入ってたら怖いってだけで」

つんっと唇を尖《とが》らせながらそんなツンツン発言をする桜ちゃん。

いつもなら長湯以外にも、お風呂上がりはしっかり髪を乾かしてから脱衣所を出てくるのに、タオルで拭いただけなのか、今はまだ湿らせたままだ。

「ごめんね、桜、葵。お姉ちゃんなのに心配かけちゃって……」

「っ！　聞いてた——じゃなくて、喋《しゃべ》って大丈夫なの!?」

「うん、みんなのおかげで元気になった……お母さんもありが——って、あはは……まだ大きな声を出すのは、ちょっとしんどいかも」

とりあえず寝っ転がっていた状態から身体を起こし、ソファの背もたれにぐったり体重を預ける。立ち上がるのはまだちょっとしんどい。

そんなわたしの両サイドにすぐさま二人が座り、挟んできた。これが妹キャバクラ……？

「大丈夫、お姉ちゃん？」

「葵の元気いっぱい吸い取ったからね」

「きゃー♪　お姉ちゃんに吸い取られちゃった♪」

はしゃぐようにわたしに軽く寄りかかってくる葵。何この絶妙なボディタッチ……ウェイターさんこのお店で一番高いお酒持ってきて！

「葵、お姉ちゃん病み上がりだから」

「あ、ごめんなさい……」

「病み上がりって……別に病気になったわけじゃないよ」

「さっきまでぐったりしてたじゃん。病人みたいなもんだから」

なんてツンツンしながらも、そのちょっとした声のトーンの違いから機嫌が良くなってるのが分かる。

「桜も心配してくれてありがとうね。髪、乾かすのも惜しんで……」

「なっ……!? こ、これは違うわよっ！ 今日はちょっとたまたま、髪を濡《ぬ》らしておきたい気分だっただけで！」

「髪を濡らしておきたい気分ってなぁに〜、桜ちゃん？」

「葵は黙ってなさいっ！」

桜をからかう葵、そしてそんな売られたケンカをすぐさま買い上げる桜。

二人はわたしを挟んだままばちばちとした視線をぶつけ合っているけれど、不思議とはらはらするような険悪さはない。

「でも桜、濡らしたままだと髪傷んじゃうよ？ せっかく長くて綺麗《きれい》な髪なのに」

「ひゃう!? ちょっと、お姉ちゃん!?」

「あ、ごめん」

つい桜の髪を撫《な》でてしまい、叱られてしまう。

でもその手触りは最高だった。わたしはボブカットに慣れてしまっていて、今更伸ばすのも……と思ってしまうけれど、桜とか凜花《りんか》さんとか小金崎《こがねざき》さんを見てると、つい憧れてしまう気持ちがある。

「いいなぁ桜ちゃん。ねねっ、お姉ちゃん！　葵にもやって！」

「いいよー、よしよしー」

「きゃー♪」

「……なんかペットみたい」

桜が呆《あき》れたように溜息《ためいき》を漏らす。

なんとなく言いたいことは分かる。葵はわたしと同じボブカットだから、どうしても撫でる感じになってしまうのだ。

「桜ちゃん、妬《や》いてるんでしょ」

「ハァ!?　別に妬いてなんかないから！　ていうか何に妬けってのよ！」

「あ〜、お姉ちゃんとお揃《そろ》いの髪型で良かったぁ！」

「あんたねぇ……！」

葵ちゃんが煽《あお》り、桜ちゃんが唸る。ちょっとはらはらする場面だけれど、でも、これはケンカなんかじゃなくて、むしろ仲が良いからじゃれ合ってるだけだ。

あれ……？　もしかして、あの二人も――

「……だったらアタシも髪短くしようかしら」

「えっ!?　そ、そんなの駄目だよ！」

桜の爆弾発言に強制的に思考をぶった切られ、わたしは思わず叫んだ。

桜ちゃんが髪を切る？　だめだめ絶対だめ!!

「髪切るなんてお姉ちゃん許さないからね!?」

「ちょ、何!?」

「せっかく綺麗な髪なのにそんなのもったいない……というか、世界の重大な損失なんだよ!?　普段のツインテールもアニメキャラっぽくてすっごく似合ってるし、家で下ろしたときのギャップというか、『あれ!?　この子意外と大人びてる……!?』みたいな感じがたまらないの！　と！　お姉ちゃんは力説しますっ!!」

「……まだのぼせてる？」

桜は明らかに引いてる様子だけれど、それはそれで構わない。

わたしの熱量さえ感じ取ってくれているならきっと危険を感じて髪を切るなんてしないだろう。

お姉ちゃん的に妹から嫌われるのはつらいけれど、いつか桜もこの日のことを思い出し、わたしが正しかったと理解してくれるだろう。

――お姉ちゃん！　アタシ、お姉ちゃんのおかげでこんなに幸せになれたの！　お姉ちゃん大好き！　愛してる！

そして二人は熱いハグを交わすのだった。めでたしめでたし。

「へへへ……なんちゃって……」

「「……お姉ちゃん、なんかキモい」」

「ハモるほどに!?」

こうして、想像以上のダメージを受けたわたしは、のぼせて体力を消耗したこともあり、すっかり意気消沈したまま眠り——

そして、わたしは、由那《ゆな》ちゃんと凜花さんの仲を改善……ううん、確かめる作戦を実行するため、動き出すのだった。

インカメで前髪が乱れていないか、何度も何度もチェックし、溜息を吐《つ》く。

不安とワクワクがごった煮になったこのずしんとくる緊張感に、わたしはきっと一生慣れられないという確信がある。

ああ、どうしてこう前髪を確認してしまうのだろう。他にも気になるところはいっぱいあるのに。

まぁ、服装とか、メイクとか、今更直しようがないしな……諦めるしかない。

その点前髪はイジりやすすぎるのが逆に問題なのだ。ちょっと手持ち無沙汰になったら触れられるし、風に煽られてすぐに変な感じになってしまう。

ああ、いっそのこと全部……いやいやいやいやいや、ないないないないない！

「……四葉ちゃん？」

「どうしたんだい。そんな頭抱えて」

いつの間にか現れていた二人が、遠慮がちに声をかけてくる。

そりゃあ待ち合わせていた相手が頭を抱えてうんうん唸っていたら不審に思うだろう。

具合が悪そうと思われなかっただけマシかもしれない。

「ううん、ちょっと――」

と、顔を上げ、絶句する。もちろん悪い意味じゃない。

そこにいたのは、正しく完璧な二人だ。


片や、ふわっとした白のブラウスとブラウンのハイウエストスカートを身に纏《まと》った可愛《かわい》らしい少女。

ちょっと前にＳＮＳで話題になってた、あの、ウブな男の子を悩殺するファッションだ。もしかしたら流行からはちょっと外れてしまっているかもしれないけれど、でも、彼女が着ていると今まさに最先端のものに思える。

可愛いのはもちろんのこと、きゅっとウエストが締め付けられることで強調された胸の感じがセクシーにも見える。

反則だ。ウブな男の子だけじゃない、わたしも殺されそうだ。きゅんきゅんしすぎて。

片や、青のデニムジャケットとボーダーシャツ、シュッとした黒いロングパンツを纏ったスタイル抜群のカッコイイ女の子。

まるでファッション誌のモデルがそのまま飛び出してきたみたいなそんな輝きを放って

いる。

スタンダードこそ最強。ベターこそベスト。小細工無しに素材の圧倒的な力で容赦なくぶん殴ってくる。

そんな、めちゃくちゃにカッコイイ彼女だけれど、同時に可愛らしさも感じさせる。

だって彼女はこういうボーイッシュな服装が特別好きなわけじゃなくて、いや嫌いってわけでもないと思うけれど、でも今彼女がこういう服装をしているのは、彼女自身、こういうのが似合うと思っているからだ。

そして、それは自分をより良く見てほしいという思いの裏返しで——彼女はどこか不安げに、でも期待するような眼差《まなざ》しをわたしに送ってきていた。そんないじらしさに、自然と心臓が走り出す。


二人とも全力だ。一切容赦なく、自分が一番魅力的だと主張してくる。

そんな二人に対し、わたしは……うん、地味だ。ディテールを振り返るのも恥ずかしくなるくらい地味。ネットで「地味　ファッション」と画像検索したら表示されそうな感じ。

見直すべきは前髪どころの騒ぎじゃなかった。できることなら朝からやりなおしたい……！

いや、どうせならもっと前から……え、どこからやりなおせば釣り合うの？　イケメン俳優と美人女優の娘に生まれ変わるとか？

なんて求めたってキリはないし、もはや間四葉《はざまよつば》の原型を留《とど》めないのは明白なので、わたしはすぐさま考えるのをやめた。

「二人とも、すっごくキレイで可愛くてカッコイイ!!」

一切容赦ない魅力には、一切遠慮のない賛辞を。

わたしが地味だろうが、地味ゆえに悩もうが、二人の威光が鈍ることは一切ないのである。

「あ、ありがとっ」

「なんだか照れちゃうな」

余裕ありげに微笑《ほほえ》みながらも頬を少しニヤケさせる由那ちゃんと、言葉通り照れを隠すように頬を掻《か》く凜花さん。

二人ともわたしなんかの言葉にこれほど喜んでくれて、頬を火照らせて――もしもお互いがお互いの顔を見ればすぐに気付いてしまいそうな、そんな冷や冷やする場面だけれど、二人はただわたしだけを見ている。

その目に、確かな熱を宿らせて。

「そ、それじゃあ行こっか！　ちょっと早いけど！」

スマホで時間を見ると、約束よりやっぱり一時間ほど早い。今日は念には念をで二時間前から待機してて良かった。待つのに付き合ってもらったおかげで、さっそくスマホをモバイルバッテリーにつながなきゃだけど。

そんなこんなで今日、わたし達《たち》が付き合ってちょうど二週間が経《た》った土曜日の朝、先週と同じ駅前の広場から始まる――三人でのデートが。

これはダブルブッキングになるのだろうか……？　いや、でも、今日のコンセプトは「久しぶりに三人で遊ぼう」だ。

二人がこれほどまでガチガチに、デートスタイルで来るなんて思いもしなかった。いや、わたしも早く待ち合わせに来たり、前髪イジったりと、いつも通りに――いや、前までみたいにはとてもできなかったんだけど。

でも、今日は恋人じゃなく友達として――二人の関係を確かめて、もしも悪化してしまっていたらなんとか仲直りさせる、そんな目的の会なのだ。

もちろんそんな目的、バカ正直に二人に話せるわけない。でも、わたしはやる。二人のためにも、やってみせる。

二人の……友達として。

◇◇◇

――二人と遊びに出かけようと思います。

そう小金崎《こがねざき》さんに伝えると、彼女は「そう」とホッとしたように溜息《ためいき》を吐いた。

差し詰め、わたしがすっとんきょうな作戦を立てると踏んでいて、思ったよりも普通の提案だったから肩透かしを食らったというところだろうか。まったく心外だ。

「それで、肝心のプランなんですけど……」

『別に話さなくていいわよ。その辺りは貴方《あなた》に任せる。あの二人のことも、きっともう、貴方の方が詳しいだろうから』

小金崎さんは少しだけ寂しそうに言った。

『それに、きっと貴方くらい何も考えていない方が上手《うま》くいくでしょうし』

「失礼な！　わたしだって色々考えてるんですからね!?　小金崎さんだって、間四葉プロデュースのスペシャルデートを味わえば二度とそれ無しでは生きていけない身体《からだ》になっちゃうんですから！」

『あ、観《み》たかったドラマ始まっちゃう』

「清々《すがすが》しいまでのシカト!!」

『それじゃあ、嬉《うれ》しい報告だけ期待しているわ』

わざわざ、「だけ」を強調しつつ、小金崎さんは電話を切る。

彼女らしいというかなんというか……いや、これも信頼されているからと思うことにしよう。

　そんなやりとりを思い出しつつ、二人を先導して電車に乗る。

　キラキラ女子達が本気を出しているのだ。周囲からの視線もすごい。「何かの撮影？」なんて言葉も聞こえてくる。

　そんな周囲の人達から、わたしはどう映っているんだろう。マネージャーとか？　もしかしたら二人の輝きに掻き消されて映ってさえいないかも。

「でも、三人で休みに遊ぶのなんて本当に久しぶりよね」

「確かに。一ヶ月ぶりとかかな？」

　そんな視線に晒《さら》されながら、由那ちゃんと凜花《りんか》さんは気にした様子もなく普通に会話を交わす。

　そこにわだかまりは感じられないけれど、でもなぜか今までに無かった硬さみたいな違和感があった。

「ねぇ四葉ちゃん。今日はどこに連れて行ってくれるの？」

「え、あ、ええと……」

「四葉さんがあんなに強く誘ってくれるなんて珍しかったから、気になって昨日は中々眠れなかったよ」

「き、期待に応えられるかなぁ……？」

噛《か》まないように慎重に返事する。気を抜けば震えてしまいそうだ。

せっかく使命感に駆られているというのに、これほどキラキラに武装されてしまうとどうしたって腰が引けてしまう。

今朝は何度も鏡に向かって、「がんばれがんばれ！　やれるやれる！」と自身を鼓舞したのに早くも消耗しつつある。ああ、わたしにもモバイルバッテリー的なものがあればなぁ……。

「それじゃあ行こっ！」

「エスコート、よろしくね」

と、内心パニック寸前なわたしに追い打ちをかけるように、二人がそれぞれ手を握ってくる。エスコートなんてわたしよりも凛花さんの方が似合いそうだけど……ええい！　こうなったらやけくそだ！

「任せて！　今日は第二の誕生日かってくらい楽しい一日を提供するからっ！」

思えばわたしはいつだってやけくそだ。そしてやけくそになったとき、自分でも信じられないパワーを発揮することが、たまに、ちょいちょい、あったりなかったりする気がする。

正直、鼓舞できてるのか分からないけれど、とにかく勢い任せに歩き出した。

◇◇◇

電車に揺られ数駅。一度乗り換えを挟んで辿《たど》り着いた先は、この辺りじゃちょっと有名な、逆をいえばこの辺りでしか知られていない遊園地だった。

名前は『ぞういちファミリーパーク』。いかにもイケてない変な名前だけれど、地元民であるわたしからすれば、なんか今更って感じだ。

それこそ、わたしにとってここは、家族で出かけるなら真っ先に候補に挙がるくらいに慣れ親しんだ場所だ。

でも二人は、初めて来たみたいに興味深げにきょろきょろ辺りを見回していた。わたしと別学区ながら、距離はそんなに離れてない場所に住む二人にとって、一応ここは地元の範囲になるとは思うけれど――

「二人はここ、初めて？」

「ええ」

「別のところなら行ったことあるけど……」

「別のって、あの海の方の？」

二人が頷《うなず》く。

ここから電車で一時間程度行った先、海の傍《そば》に別の遊園地がある。超有名マスコットキャラクターを冠した、全国から老若男女が訪れる国民的テーマパークだ。

遠くはないけれど、わたしは行ったことが無い。あっちはいつも混んでるし、高いし、乗り物一つ乗るにも何十分も待たされるらしいし。

「まぁでも、二人にはここなんかよりあっちのキラキラした感じの方が合ってるよねぇ……」

ここは度々廃園の噂《うわさ》が流れつつ、でもなぜか潰れないと（わたしの中で）有名な場所だ。小学校、中学校でも来たことないという人は一定数いたし、真の勝ち組は見向きもしないだろう。

これといった見所や名物もないしな……じゃあなんで連れてきたって話になりそうだから、それは口にはしないけど!!

「あれがマスコット?」

由那《ゆな》ちゃんが指したのは入り口のアーチの上に描かれている愉快そうな象のキャラクターだ。

「うん、あれがぞういちくんだよ」

「なんだか、おじさんみたいな見た目だね……?」

「まぁ、モデルは創業者の人らしいからね」

確かに凜花さんの反応ももっともで、ぞういちくんの見た目は愛らしいというより、しょぼくれたおじさんって感じだ。

顔はしわだらけで、どこか俯《うつむ》きがちで……小さい頃は優しげなおじいさん象なのかなとか思ってたけれど、今見るとものすごい疲れを感じさせる。

子ども向けというには哀愁が漂いすぎているかもしれない……まぁ、子どものわたしは騙《だま》されていたんだからいいのか。

(なんか、高校生の女友達で来る感じの場所じゃなかったかも……)

わたしはともかく、二人は世界が認めるスーパーキラキラ女子高生だ。こんな地元の遊園地に連れてくるのは間違いだったかも、と早くも後悔してしまう。

いや、後悔するのはまだ早い。だってまだ朝だし！　軌道変更なんていくらでも——

「四葉さんは結構ここに来るのかい？」

「え？　うん、家族でね。といっても最近はあんまりだけど」

「そっか……つまり思い出の場所ってわけだ」

そ、そんな仰々しいものでも……あったりする。

そもそも今日、ここをチョイスした理由は、わたしにとってここは『仲直りの場所』だからだ。

といっても、わたしがケンカしていたわけじゃなくて、ケンカしていたのは桜《さくら》と葵《あおい》だ。

三人がもっと小さかった頃、「どっちがお姉ちゃんと遊ぶか」なんて、微笑《ほほえ》ましい理由でケンカをしていたことがよくあった。

そんな二人をなだめるため、三人一緒で遊べて、近場で、混んでないから両親にあまり負担をかけずに済む、このぞういちファミリーパークはまさにうってつけの場所だった。

まぁ、それも過去の話か。今じゃもうお姉ちゃんを取り合ってケンカするなんて無いだろうし……。

「四葉《よつば》ちゃん？」

はっ！　つい昔を懐かしんで感慨に浸ってしまった。

見れば二人から心配そうに覗《のぞ》き込まれてしまっている。

今日はとにかく楽しんでもらって、二人に一緒にいる素晴らしさを再認識してもらうのが目的なんだから、わたしが暗くなってちゃダメだろう。

大丈夫。二人は完全に仲違《なかたが》いしたわけじゃない。今だって一緒にいて険悪な感じは無いし、ちょっときっかけがあればまた前みたいに戻れるはずだから……！

「大丈夫、なんでもないよっ。一見《いちげん》さんの二人にどうパークを案内しようか考えてただけだから」

わたしはすぐに笑顔を浮かべ、カバンから3枚のチケットを取り出す。

「じゃーん！　これ、なんでしょう！」

「えっ、もしかして入園チケット？」

「私達《たち》の分買っておいてくれたの……？」

二人がびっくりしたように目を瞬かせる。

けれど……ふふふ、そう世の中甘くはないよっ！

「これは割引券ですっ！」

「わりびきけん？」

「なんと入場料が半額になるんですっ！」

「そ、そっか……てっきりおごる気なのかって身構えちゃったよ」

凜花さんがほっとしたように息を吐く。

彼女はほら、お揃《そろ》いの下着を買ってわたしが若干金欠気味だってことを理解してるからね。

まぁ、今日は成功のために貯金を下ろしてきているので、やろうと思えば入場料だって全部肩代わりできるのだけど――

「だって、もしもおごっちゃったら二人はわたしに気を使って、無理にでも『楽しい』って言わなきゃいけなくなるでしょ？」

お金を出せばちょっといい顔はできるだろうけど、そんなことで一日にケチをつけたくない。

割引券

でも、負担は減らしたくて、用意したのがこの半額割引券だ。用意したといってもうちは常連で、定期的に届くから実質タダみたいなものだ。

「なんか、四葉ちゃんらしいわね」

「うん」

「えっと……褒めてる？」

話の流れ的にはわたしの奥ゆかしさを評価してくれてる感じに聞こえなくもないけれど……だったらなんで二人とも苦笑しているんだろう？

「もしかしてわたし……ケチだと思われてる!?」

「そんなことないよぉ。ね、凜花？」

「ああ、由那。割引券を出されると余計に……なんてね？」

「そうそうっ！」

二人は息ぴったりに笑い合う。

やっぱりケチだと思われてる……！　よかれと思って持ってきた割引券が裏目に……!?

「って、このままじゃいつまでもお喋《しゃべ》りしちゃうし、そろそろ入ろっ！」

「は、はい……」

ちょっと泣きそうになってしまうわたしだけれど、二人のやりとりが良い感じだったのでなんとか耐えられたのだった。

◇◇◇

数年ブランクはあるものの、『ぞういちファミリーパーク』の中はかつてと殆《ほと》ど変わりがなかった。

栄えているというのは憚《はばか》られるけれど、寂れているというのも大げさすぎるかもしれない。アトラクションはちゃんと整備されていて開業以来無事故だというし、今でも何年かに一度は新しいアトラクションが増えているから。

でも、元々あるアトラクションも、増えたアトラクションも、ここでしか体験できない特別なものというわけではない。この遊園地は、ちょっと妙な言い方だけれど、「特別な物が何もないのが特徴」なのだ。

ジェットコースター、観覧車、メリーゴーランド、コーヒーカップ……遊園地となれば誰もが想像するアトラクションはあらかた揃っているこの場所を、わたしはまるで自分の庭のように理解している。

この場所でなら聖域の二人相手にも渡り合える…………そう浅はかにも思っていましたっ!!

「うぅっぷ……」

「もーいっかい乗ろ！　もーいっかいっ！」

「そうだね、こんなに乗れる機会滅多にないし！」

どうやら美少女は三半規管も並外れているらしい。

もう先ほどから何回も、二桁に達するくらいに、ジェットコースター――『ぞういちコースター』をリピートさせられている。

まさか二人がこれほどまでのスピード狂だとは思わなかった……！

「わ、わたし、ちょっと休んでようかな～……」

「もしかして、体調悪い……？」

「私達が何度も付き合わせたから……」

あ、あれ？　二人の表情が心なしか暗く……!?

「な、なんちゃってー!?」

わたしは咄嗟《とっさ》に笑顔を取り繕っていた。

今日はとにかく二人に楽しんでもらうの回だ！　わたし自身が水を差すなんてゴンゴドーダンッ!!

「もしかしたら二人が無理してるんじゃないかってカマかけてみたんだよっ！　ま・さ・かぁ……この『ぞういちマスター』な間四葉《はざま》さんがこの程度『ぞういちコースター』に乗ったくらいでダウンするわけないしぃ？」

うそです。正直何回胸の奥からこみ上げる熱い物を喉元で押しとどめたか分かったもんじゃありません。今も……うぷ。

この『ぞういちコースター』。しょぼくれた象のマスコットキャラクターを冠した子ども向けっぽい響きのアトラクションだが、実際はまぁまぁ、そこそこちゃんとしたジェットコースターだ。

絶叫マシン好きの需要はある程度満たす程度には本格的で、でも、わざわざこれ目当てで遠くから訪れるほどではない程度には平均値なレベル。

わたしも特別絶叫マシンが苦手なわけじゃない。この『ぞういちコースター』にだって何度も乗ったことがある。

でも、こんなに何度も乗らされるのは初めてだ！　待って10分、お客さんが並んでないときは乗ったたまままもう一周！

そんなペースでぐるぐる回されれば、そこそこの絶叫マシンだろうがなんだろうがダメージはちゃんと蓄積していき、わたしの普通な三半規管は悲鳴を上げる。

ああ、もう地上にいてもぐらぐらする感じがするぅ……。

「最後の落ちるとこ！　ぐわーって風を切る感じがたまらないのよね！」

「いーや、大回転の胃がきゅうってなるところが最高なんだ！」

「落ちるとこっ！」

「大回転っ！」

二人はぐぐっと顔を突き合わせ唾を飛ばし合う。

その表情はどちらも挑戦的で、譲る気は一切無さそうだ。

「四葉ちゃんは？」

「え？」

「四葉さんは落ちるとこと大回転、どっちの方が面白いと思う？」

こっちに飛んできた!?　ど、どうしよう……！

これだけ乗せられると、もう落ちてる回ってるの違いなんか分からなくなってるんですけど……。

「落ちるとこよねっ」

「いいや、大回転でしょ」

興奮した二人がギラギラした視線をぶつけてくる。

ど、どうしよう。正解が分からない。

どちらかを選ぶなんて……その結果どちらかが悲しむかもと考えたら、とてもそんなことできない。

でも、もしどっちもって言っても、この感じ、二人は納得しないと思う。

むしろさらにヒートアップして、白黒つくまでエンドレス周回モードに突入する危険性だってある。そうなったらわたしは死ぬぞ。思いっきり吐くぞ。

そして吐いたらもう、楽しむ楽しまないなんて言ってる場合じゃない。

「四葉ちゃんっ」

「四葉さんっ」

ぐ、うう……こ、こうなったら奥の手……っ！

「も、もうすっかりお昼時だし、ご飯にしない!?」

相変わらず、わたしにできるのはただ一つ。

逃げの一手のみである。

◇◇◇

「美味しーっ！」

「うん、本当に！」

そう整いすぎた笑顔を向けられながら、わたしは内心安堵《あんど》する。

入場からひたすらジェットコースター周回プレイをこなして、気が付けばもうお昼の2時を回っていた。

ランチタイムには少し遅いくらいだけれど、ぶっちゃけ散々ぐわんぐわんさせられたおかげで食欲なんかまったく無い。

でも、あの状況から逃げ出すには絶好の口実だったし、それにこれ以上お昼ご飯が遅くなると良くない理由もあった。

「でも感激……四葉《よつば》ちゃんがお弁当用意してくれるなんて……！」

「もしかして、この間の話があったから？」

「うん、いつも美味《おい》しそうって言ってくれるの嬉《うれ》しくて。でも、凛花《りんか》さんには食べさせてあげられなかったし、由那《ゆな》ちゃんには足りなかっただろうし」

「むぅ……あたしのこと食いしん坊みたいに言ってぇ！」

と拗《す》ねたように言いつつ、ぱくぱくっと二口でおにぎりを食べる由那ちゃん。

既に彼女はわたし達の倍以上食べている。まったく説得力のない姿にわたしも凛花さんも苦笑するしかない。

「最初は遊園地らしくフードコートでとも思ったんだけどね。いちおうファミリーパークなんて名前だからほら、こういうピクニックできる広場もあるし。家族で来るときは、いつもこうやってお弁当用意してきてるんだー」

まぁ、おかげで今日は5時起きだ。家族で出かけるときと違って一人で全部用意しなきゃだし、今日はちょっと暑いからお弁当が傷まないか気が気でなかったけれど、二人とも喜んでくれてるみたいで良かった。

「あ、由那ちゃん。ごはんつぶ」

「え？」

由那ちゃんの口の端についていたごはんつぶを指でつまみ、食べる。

なんか懐かしい気分になる。桜《さくら》や葵《あおい》も、どっちがいっぱい食べられるか～なんて張り合って、がつがつお弁当食べて、こうやって口元にごはんつぶくっつけてたなぁ。

「……えぁ」

あ、あれ？　由那ちゃん、顔を真っ赤にして、びっくりしたみたいに固まって……

「むぅ……」

「ひゃんっ!?」

脇腹をつんっと突《つ》かれ、悲鳴を上げてしまう。

反射的に顔を向けると、凜花さんがじとっとわたしに半目を向けてきていた。

――彼女の前で他の女といちゃいちゃしないで。

まるでそう言われている気がして、びくっとしてしまう。

「あ、凜花さんも！」

「えっ」

と、ここでわたしは咄嗟に機転を利かせ、凜花さんの口元に手を伸ばす。

そして、架空の米粒を摑《つか》むように口の端を撫《な》で、ぺろっと舐《な》めた。

「ひゃ!?」

凛花さんが短く悲鳴を上げ、かあっと赤くなる。

そして、わたしも。

口元についたお米をとって食べるなんて、まるで恋人同士のやりとりだ。

由那ちゃんへは無意識にやってしまったけれど、バランスを取るためとはいえ凛花さんにやったのは意識的で、しかもフリだ。恥ずかしいなんてレベルじゃない。

「「「………………」」」

結果、わたし達《たち》三人はそれぞれもじもじして、なんとも気まずげな時間を過ごしてしまうのだった。

◇◇◇

思えば、ランチタイムの前までは順調だったのかもしれない。

わたしは二人が絶叫マシン好きって知らなかったというのもあり圧倒されてしまっていたけれど、二人は笑顔で、そこには確執なんてとてもなくて、ジェットコースターのどこが一番盛り上がるか談義している姿なんて、それはそれで尊いワンシーンだったと思う。

二人並んで、わーきゃー騒ぎながら乗る姿なんて、ＣＭに採用されたっておかしくないくらいだった。

でも、ランチタイムを経て、その空気は変わってしまった。

「つ、次はなに乗ろっか？」

「ま、任せる……」

「私も……」

「じゃ、じゃあ……あれ！　コーヒーカップ乗ろっか！」

二人はわたしを挟んで歩きながら、俯《うつむ》いている。

落ち込んでいるとかではなくて、たまにちらっとこちらを窺《うかが》うように視線を向けてきて、ほんの一瞬擦《さす》るみたいにわたしの手に触れて、そして微笑《ほほえ》むのだ。

まるで、お忍びデートの距離感を楽しんでいるみたいに。

もうアトラクションは二の次って感じで、ただわたしだけを見ているのが分かる。分かってしまう。

わたしも正直どきどきして、溺れてしまいたくなるけれど……でも、ダメだ！

だってこれがお互いにバレたら即刻アウトだから！　仲直りどころじゃない、二股が判明すればわたしが嫌われるだけじゃなく、二人の間には当然ヒビが入ってしまう。

（好きがはっきり伝わってくるのが、こんなにつらいなんて……！）

それぞれとデートをしているときは、ただただ幸せな感覚に酔っていられた。

由那ちゃんも凜花さんも、可愛《かわい》くてカッコよくて、これ以上なく甘く、楽しく、ずっとこんな時間が続けばいいのにって思えた。

でも、今は嬉しいのに、それ以上に辛《つら》い。

由那ちゃんからの好きが伝わってくるたびに凜花さんのことを思ってしまう。

凜花さんからの好きを感じるたびに由那ちゃんのことを気にしてしまう。

好きという気持ちが強くなればなるほど、自覚すればするほど、二人を騙《だま》している罪悪感と自己嫌悪が胸の奥でちくちく刺してくる。

(今日は友達……三人友達同士で、デートじゃないのに……)

そう自分に言い聞かせても、これっぽっちも説得力がない。

だって、こうして二人と一緒にいるほど、楽しく過ごそうとすればするほど、理解してしまう。

二人の関係は変わってなんかいない。

変わってしまったのは——

「そーれっ!!」

「はえっ!?」

がくっと身体《からだ》が揺れる。

風が頬を叩《たた》く！　ぐわんぐわんと視界が揺れる!?

「由那っ！　回しすぎだっ!?」

「あら凛花？　このくらいでもうダメなの？」

「なぁにぃ……？　こんなの全然平気だっ!!」

凛花さんが、そして由那ちゃんがハンドルを握る。

そして互いに力一杯回して――わたし達の乗るコーヒーカップがより勢いよく回転する。

「わわあああわ……!?」

「あははは！　結構面白いわね、これっ！」

「由那、回転イスでぐるぐる回るの好きだったもんねっ！」

「なによっ、お子様って言いたいわけぇ!?」

さっきまではわたしのことを意識していた二人だけれど、今はお互いしか見ていない。

子どものようなぎらぎらした目で互いを睨《にら》み付ける姿は、まるで勝負しているみたいだ。

「いーや、心配してるんだよ、そんなに回して大丈夫かなって！　子どもの頃は降ろしてって泣いてたじゃないか！」

「それは凛花もでしょ！　むしろそっちのほうがぎゃんぎゃん泣いてたでしょっ！」

「それは由那が揺らしたからだ！」

二人はそう言い争いながら、がむしゃらにコーヒーカップのハンドルを回す。

わたしも割って入れない、二人だけの空間。それをわたしは同じコーヒーカップに乗りながら、しかしとても遠くのもののように感じていた。

今の二人は互いに好戦的で、ハラハラする感じがして……いっつも完璧で、可愛くて、カッコよくて、仲睦《むつ》まじく、見る者全てを虜《とりこ》にするただただ尊い『聖域』からは遠くかけ離れている。

でも、だからといって悪いものでは決してない。むしろすごくいい。見てるこっちも楽しくなって、わたしもちょっとにやけてしまいそうだ。

(まぁ、ファンの人達が見たら卒倒すると思うけど……)

むしろ二人にとってはこっちが素だ。わたしにとってはこの方がしっくりくるのだけど、学校ではこういう面を少し見せたことでざわついてたんだもんな。

二人は頭がいい。わたしなんかよりずっと。

彼女達の本質はきっとずっと同じまま。それでもファンの人達が求める聖域としての姿を二人が見せてこられたのは、ひとえに彼女らが努力してきたからなんだろう。

でも、それならやっぱり、変わってしまったものがあるとすれば――

「――……ちゃん？」

「……ばさんっ」

「え？」

ぱっと景色が変わる。

真っ暗から夕焼けに染まった世界に……あれ？

ていうか、真っ暗？　いつの間に、なにがどうなって……？

「良かったぁ、戻ってきて……」

「大丈夫、四葉さん？」

由那ちゃんと凜花さんが覗《のぞ》き込んでくる。

わたしはいつの間にかベンチに座らされていた。

ええと、コーヒーカップに乗ったのは覚えてる。でもあれは遅めのランチを終えたちょっと後で……記憶が飛んでる？

「四葉ちゃん、たまにぼーっとしてることあるよね。何か考え事してた？」

由那ちゃんは少し拗ねるみたいに頬を膨らませた。

「まあ、私達も変に熱くなって四葉さんを好き勝手振り回してたわけだし」

凜花さんが反省するみたいに苦笑する。

どうにもわたしはまた沼にはまっていたみたいだ。バカのくせに、考え事に没頭するとこうなることがままある。わたしの数多い悪癖のひとつだ。

「ごめんなさいっ！」

わたしは慌てて頭を下げた。

せっかく遊びに来てるのに、しかもわたしが二人を誘ったのに、そのわたしがぼーっとしちゃうなんて、ありえない！

「……由那《ゆな》が責めるから」

「せ、責めてないし!?　四葉《よつば》ちゃんもべつに謝らなくていいよっ!?」

「ごめんね四葉さん、由那が」

「なにしれっと全責任あたしに押しつけてるの!?」

やっぱり二人は優しい。

悪いのはわたしなのに、気を使わせないように明るく返してくれる。

わたしも二人みたいに、人を安心させられる人間に生まれてればな……。

「ていうかそもそも、四葉ちゃんの意識が飛んじゃったのは凜花《りんか》のせいじゃないの？」

「な、なんだと!?」

「凜花がバカみたいにバイキングに乗せるから、ぐるぐる回されて脳みそと頭蓋骨が混ざっちゃったのよ！」

な、なんだってー!?

いや脳みそと～のくだりはさすがに冗談と分かるけれど、そこじゃなく……わたし、バイキングに乗せられてたのか！

バイキングとは、船の形をしたアトラクションだ。前後にぐわんぐわん揺れて、最後の方には勢い任せに一回転二回転と回る、絶叫マシーンの一種である。

「あ、あれは……だって、面白かったし」

凜花さんは子どもっぽい仕草で、恥ずかしげに唇を尖《とが》らす。

「由那だってはしゃいでたじゃないか」

「最初の方はね……」

うんざりと溜息《ためいき》を吐《つ》く由那ちゃん。

そりゃあ昼過ぎから夕方になるくらいだもんな……

「ていうか由那！　私だけが悪いみたいに言うけれど、由那だってフリーフォールへビロテしてたじゃないか！」

フリーフォールへビロテ!?

フリーフォールというのはこれまた絶叫マシーンの一種。高い塔みたいな形をしていて、その塔の側面をイスに座ったまま上げられ、一気に落とされる――そんな機械を使った超ダイナミックな高い高いみたいなアトラクションである。

実はこのフリーフォール、この遊園地の中では一番新しいアトラクションで、わたしは未《いま》だ乗ったことがない――と思ってたんだけれど、いつの間にかその初めては散らされていたらしい。

「何度も何度も上げては落とされ、上げては落とされ……シェイクされた四葉さんの脳みそが少しずつ耳から零《こぼ》れ落ちてしまったんだ！」

な、なんだってー!? パート2!!

いや脳みそが〜のくだりはさすがに冗談と分か――

「そ、そんな! あたしのフリーフォールのせいで……!?」

「いや、由那だけじゃない……私もバイキングに乗せたし……」

「二つの相乗効果で、進行が早まって……」

「進行!? な、なんの!?」

「「そりゃあ……」」

二人は息ぴったりに言い淀《よど》み――

「「……ぷっ。あはははっ!」」

そして、これまた息ぴったりに吹き出し、笑う。

からかわれた! いや、そうだろうなとは思ってたけど、にしては演技が迫真すぎるんだよなぁ……!

一人ならまだしも、冗談と分かっていても二人揃《そろ》って真剣な顔で悩まれたら、もしかしたらという気持ちになってしまう。

どちらも女優顔負けの演技力だ。しかも女優以上の顔の持ち主――は関係無いかもだけど。

「からかうなんて酷《ひど》いよぉ……」

「あはは、ごめんごめん。だって四葉ちゃんが可愛いから」

「そうだね、四葉さんが悪い」

「か、可愛くないし……」

二人に言われると嫌みっぽいけど、もちろんそんな気ないのは分かる。ていうか、どっちもまた恋人に向ける目をしていて、またも冷や冷やしてしまう。

由那ちゃんも凜花さんも、ファンの人達《たち》が憧れる、ただただ尊いだけの存在じゃない。

頭が良くて、演技力もあって……そんな二人だから、聖域でいられるんだ。

だから、やっぱり――

「あのさ、由那ちゃん、凜花さん」

「ん？」

「なんだい？」

「その……散々連れ回してくれたんだから、わたしもいっこだけ、わがまま言っていいかな」

二人は驚いたように目を丸くし、顔を見合わせ――でもすぐに笑顔で、「もちろん」と頷《うなず》いてくれた。

——間《はざま》さんってさ、空気読めないよね。

容赦なくぶつけられた言葉に、わたしはただ呆然《ぼうぜん》と見つめ返すことしかできなかった。

あれは確か、中学二年の運動会のときのことだ。

わたしは100メートル走に出て、いつもどおりビリで、クラスの席に戻ったら言われた言葉がこれだった。

彼女はクラスの女子のリーダーみたいな人で、みんなに信頼されていて、確か部活でも……何部かは覚えてないけど、なんかスポーツ系でいい成績を収めていたらしい。

運動会は彼女にとって活躍の場で、練習だって頑張っていて……そんな彼女は運動音痴なわたしが大嫌いだった。

「どうせ足引っ張るってわかってるんだから、休んでくれた方がよかったのに」

その言葉に周りの子達もびっくりしていた。彼女は前向きで、明るくて、こんな辛辣なこと言う子じゃなかったから。

でも、嘘《うそ》でも冗談でもない。確かにわたしが運動会を休めば彼女がこんなに怒ることもなかっただろうから。

運動でも勉強でも、なんでも。

わたしには他の誰かより優れてると自信を持って言えるものがない。

テストなら自分が悪い点を取って、先生とか親に呆《あき》れられるだけ。みんなへの影響なんて平均点が落ちるくらいで、むしろ平均点を基準に赤点かどうか決まっていた中学では、赤点ギリギリの人達に感謝されたくらいだ。

でも、運動会ではわたしのダメさが他の人の迷惑になる。

わたしには分からないけれど、でも、彼女らにとっては運動会も大事なイベントだ。

やるからには勝ちたい。そのために準備だってしてきた。

その努力も、時間も、わたし一人がダメなせいで無駄になってしまう。

だからわたしは……次の年の運動会は仮病で休んだ。

わたしに求められているのは「頑張る」じゃない。

空気を読んで、なにもしないことだ。

もしかしたら、なんて期待をしちゃいけない。

とにかく笑って、ただ、えんぴつを転がすみたいに起きたことを受け入れる。

誰にも迷惑をかけないことを祈りながら。

◇◇◇

（……って、分かってたんだけどなぁ）

やっぱりわたしはバカで、空気が読めない。

すぐ嬉《うれ》しくなって、浮かれて、欲張って……また、迷惑をかけてしまった。

それも今度はなんの部活に入ってるかも覚えてないクラスメートじゃない。

大好きな……本当に大好きな彼女達に。


「わー、高ぁ……」

「うちも見えるかな?」

由那ちゃんと凜花さんが窓の外に広がる景色を眺めつつ、それぞれに呟《つぶや》く。

わたしのわがままで二人と一緒に乗ったのは、観覧車だ。

そういえば、海の向こうのあんちくしょうには観覧車なんてなかったもんな。フリーフォールもゆっくり景色を眺められる感じじゃないし。

案外、こうやって高いところから町を眺められる機会なんて滅多にないかもしれない。

「一番高いところだと、40メートルもあるんだよっ」

「『ほえー……』」

二人は窓に額をこすりつけながら、生返事を返す。

景色に夢中になる感じが妹達みたいで、なんだか微笑《ほほえ》ましい。

「家族で来たらいっつも乗るんだ。もうちょっと日が暮れると夜景が綺麗《きれい》なんだけど、わたしは今くらいの夕焼けが映えてる感じの方が好きで……」

「へぇ……」

「なんだか、四葉《よつば》さんが自分からなにかを、はっきり好きっていうの、珍しい感じがするね」

「え、そうかな」

確かにこれといった取り柄のないわたしだけれど、好きなものは結構ある。

料理は毎日やれる程度には好き、だと思う。あと可愛《かわい》いものとか、綺麗なものは人並みに好きかな。

勉強は苦手だし、運動音痴だからスポーツも特に……部活もやってないし、テレビとかマンガとかも流行のものをチェックするくらいで。

あれ？　わたしってこう考えると、好きなものって少ないんじゃあ……？

い、いや、なにかあるはず……そうだ、家族とか！　家族はもれなく全員好き……って、それは普通か。

あとは――

「四葉さん？」

「あ、ええと……その……」

「どーしたの、そんなにじっと見つめちゃって」

ここから見える景色は綺麗で、でも、二人はそんな景色よりもずっと綺麗で。

わたしはそんな二人が好き……ううん、大好きだから――

「あのさ、わたし……二人に言わなきゃいけないことがあるんだ」

大好きだから、もう足を引っ張りたくない。

いつまでもこのまま、夢を見てはいられないから……だから……！

「わたし、二人をずっと騙《だま》してた」

「え？」

「どういうこと……？」

二人が呆然と聞き返してくるのを見て、分かっていたはずなのに胸がきゅうっと苦しく

なる。

決意してから観覧車に乗るまで、ずっとどう話すべきか考えていた。自分なりに誠実に考えを固めたつもりだった。

観覧車に乗ってもらったのも、わたしが尻込みして逃げ出したくなってしまうのを防ぐためだ。

ここじゃ絶対逃げられないし、無理にでも前に進むしかないのに……なぜか、うまく喋《しゃべ》れない。

まるで、言葉が喉元から先に出たくないと必死にブレーキをかけてるみたいに。

「四葉ちゃん？　何か言いづらいことがあるなら、無理して言う必要ないんじゃないかな……？」

「そ、そうだよ。ほら、景色も綺麗だし、一緒に眺めるだけで……」

二人はどこか不安げにしつつも、そう気遣ってくれる。

相変わらずすごく優しくて……だからわたしも、最後くらい二人みたいに、真《ま》っ直《す》ぐ正直でありたいと思えた。だから――

「わたし、二人を騙して、二人ともと付き合ってたの!!」

わたしは勢い任せに思い切り叫んだ。

狭い観覧車の中でも、その声はすぐにすんっと消えていって……けれど、確かにそう叫んだという証拠に、二人はその表情を驚愕《きょうがく》に染めていた。

けれど、もう止まれない。最大で最低な秘密をぶちまけたわたしには、もうブレーキなんてあってないようなものだった。

「わたし、家族以外から認められるなんて経験殆《ほとん》どなかったんだ。でも、奇跡的に高校受かって、奇跡的に二人と友達になれた。それだけで十分幸せだったのに、その上二人から好きって言ってもらえて、わたし……つい欲張っちゃって……」

ブレーキをなくしても、突然利口になれるわけじゃない。

むしろ自己嫌悪で頭がぐちゃぐちゃになりそうで、わたしはただ思いつきであれこれ喋った。

二人の気持ちを弄んでごめんなさい。自分勝手でごめんなさい。とにもかくにもごめんなさい。

同じことを、何度も言葉をかえて、わたしはひたすら頭を下げた。

二人の顔を見られなくて、見なくて済むように一方的に謝罪をぶつけ続けた。

この行為に、謝罪から生まれる結末に、どのような最善があるのか、わたしには分からなかった。

二人が元の、ファンのみんなが、小金崎《こがねざき》さん達が納得する尊い関係に戻ってくれれば一番いい。そのために今日という日をわたしは設けたのだから。

でも、その世界にはわたしの姿は無いだろう。二人の気持ちを弄んだわたしは高校二年生の初夏に刻まれた傷となり、もう今までのような関係には戻れない。

……なに、元の自分に戻るだけだ。誰にも、自分自身にも期待されないだめだめな自分に戻るだけ。

今までが夢みたいなものだったんだ。一年以上も夢を見られた。そのことを感謝すべきだ。

間違っても名残惜しさみたいなものを感じちゃいけない。後悔なんてもってのほかだ。

わたしは加害者。二人を傷つけた罰を受けて当然——だけど、

「ごめんなさい。ごめんなさい……」

とうとうなけなしの語彙を使い切って、頭も沸騰しそうなくらい熱く、痛くて……それでも悪あがきするみたいに、わたしはひたすら頭を下げ続けた。

怖かった。二人から責められるのが。嫌われてしまうのが。今、この時にも二人から侮蔑の目を向けられていると思うと、全てを告白しようと決めたときの決意が消えてしまいそうになる。

身体《からだ》は震えて、涙が溢《あふ》れてきそうになる。散々二人を弄んで、それを今更深く自覚して、それでもまだ、わたしはどうしようもないくらいに二人のことが好きで——

……沈黙が観覧車の中を支配する。

苦しくて、呼吸もままならないくらいに心臓がバクバクと騒いで、わたしは判決を待つ罪人のごとく、ただ二人の言葉を待った。

「四葉ちゃん」

「……っ！」

由那《ゆな》ちゃんの声は、すごく優しかった。まるでお母さんが自分の子どもに語りかけるみたいに。

その優しさにほっとしそうになる自分がいる。最低だ、そんな風に考えて……許してもらえるなんてありえないのに。

「今日は、それを言うためにここに連れてきてくれたの？」

由那ちゃんはそう、優しく、まるで別の感情を必死に押し殺しているみたいに努めて優しく聞いてきた。

わたしは一瞬、自分の身体がさらに強《こわ》ばるのを感じた。反射的に返しそうになった言葉を飲み込み……首を振る。

「言うつもり、なかった。ずっと、今日も、バレないまま全部うまくいけばって……そう、思ってた」

弱い自分に必死に鞭《むち》を打ち、醜い本当の自分をさらけだす。

もう後も先もないわたしにできる精一杯の誠意は、それくらいしかないのだから。

「じゃあどうして、言ったんだい？」

凜花《りんか》さんがそう問いかけてくる。その声もやっぱりすごく優しくて……わたしは泣いてしまわないように、爪が食い込むくらいに強く拳を握りこんだ。

「わたしがいるせいで、二人に迷惑がかかるって、分かったから」

「迷惑？」

「二人はいつだって完璧で、みんなから好かれていて……でも、わたしがそばにいるせいでそれが変わってしまうって」

「みんなから好かれていて……か」

「四葉ちゃん、それって『聖域』だとか言われてる話？」

「それ、は……」

由那ちゃんの口から『聖域』という言葉が出てきたこと自体は不思議じゃない。自分達《たち》がどう呼ばれているかなんて、少し気にすれば耳に入ってきただろうし……。

でも、由那ちゃんの言葉には確かに苛立《いらだ》ちみたいなものが混じっていて、思わず身を竦《すく》めてしまう。

「調子に乗せすぎたかなぁ……あいつら」

「え？」

「由那、どうどう」

舌打ち混じりに悪態をつく由那ちゃんを、すぐさま凜花さんが諫《いさ》める。

けれど、それは形だけで。凜花さんからもまた、普段より冷たい感じがした。

「あの人達に何か言われた？」

「え？」

「四葉さん、ずっとあの人達のこと気にしてたよね。でも、そんなに思い詰めてるのは今までなかったから」

「それは……」

二股の罪をぶちまけたわたしだけれど、二人に良くない変化が生じているとファンの人達が思っていて、その原因がわたしだと思っている……なんて言うのはかなり抵抗があった。

「言えないかい？」

「ええと、その……」

「まさか言えないはずないわよ。ね、四葉ちゃん。だって四葉ちゃんはわたし達に二股してたんでしょ？」

「うぐ……!?」

直接由那ちゃんの口から『二股』というワードを聞くと、心臓を直接ぶん殴られたみたいなショックが走った。

「もしも四葉《よつば》ちゃんが後ろめたぁい気持ちを持ってるなら……これ以上隠し事はしないと思うけどなー？」

「う……い、言います……」

由那ちゃんの言うことはあまりにもっともで、わたしは洗いざらい喋った。

二人の教室での様子が変化していたこと。ファンの人達からの当たりが強くなっていたこと。小金崎さんから警告というかアドバイスを受けたこと。

二人に危害が及ばないようになんとか二人を元の関係に戻す糸口を探すために今日をセッティングしたこと、そして――二人の不和の原因がわたしにあると思ったこと。

「だから、わたしなんかのために二人を傷つけたくなくて、二股してたって告白したら、わたしのこと嫌いになってくれるって……元の、二人に戻ってくれるって……」

たとえ本心でも、二人のためだったと自分を正当化してるみたいで嫌になる。

まるで許してほしがってるみたいに……でも――

「「はぁ……」」

わたしの話を聞き終わって、二人は同時に深い溜息《ためいき》を吐《つ》いた。

「そういうことかぁ……気が付かなかったわ……」

「由那、言った通りじゃないか。いつかボロが出るって」

「ボロ出したのは凜花だってそうじゃない！　まぁ、それだけ本気だったたってことね、お互い」

「そうだね。そう思うと、あまり悪くない気がするな」

「むしろいいかも。ちょっとむず痒《がゆ》いけど」

そんな風に二人は嬉《うれ》しそうに笑う。

とても二股を暴露された直後とは思えないくらい、明るくて、いつも通りで……わたしは二人の交わす会話の意味もろくに理解できず、ただただ困惑するしかなかった。

「あ、もう下に着いちゃう」

「案外あっという間だな。……でも、このままじゃ私達も四葉さんも終われないよね」

「……え？」

「それじゃあ凜花」

「ああ、由那」

二人は悪戯《いたずら》を思いついた子どもみたいに無邪気に笑って、言った。

「「もう一周しよっか！」」

◇◇◇

おかしい。なにか……いや、全部おかしい。

わたしは全てぶちまけたはずだ。二股してたことも、わたしのせいで二人がファンの人達から不信感を抱かれて……迷惑ばかりかけていたことも。

それなのに——

「あー、ようやく四葉ちゃんをたっぷり感じられるっ！」

「実を言うとずっと我慢して、結構限界だったんだよね。今日の四葉さん、すごく可愛《かわい》くて」

「なに、凜花。変態みたい」

「それを言うなら由那だって」

二人はそう普段通りのトーンで会話していた——わたしを挟みながら。

両サイドからそれぞれ恋人にするみたいに、わたしの腕をぎゅっと抱きしめてきている。

「な……なんで……!?」

「なんでって？」

「いや、だって、わたし！」

「四葉さんが言ったんじゃないか。私達と付き合ってるって」

「そうそう。だから、観覧車二周目は恋人モードでって思って。ね、凜花」

二人はなんでもなさそうにそんなことを言う。

あれ、わたしが間違ってる？

わたしは二股して、二人の気持ちを弄んで、思い切り怒られて、恋人関係なんて当然解消されるものと思っていて……

「どうして……？　怒ってないの……？」

「もちろん、怒ってないさ」

「まあ、二股してるなんて言われたら普通怒るのが正解かもだけど」

あっさり笑い飛ばす二人。

だ、だめだ、全然現実に頭が追いついてこない。

「うーん……正直、このことを言うのはあたし達的にも勇気がいるというか、なんというかなんだけど……凜花、パスっ！」

「ちょ、私だって……あぁ、えっと、つまりね……知ってたんだ」

「しってた……？」

「四葉さんが、由那とも付き合ってたこと」

「…………？」

「そして当然あたしも四葉ちゃんが凜花と付き合ってたって知ってたの！」

「え、ええと……それってどういう……」

「つまりぃ……オフィシャル二股ってこと？」

「えええええええええええ!?」

わたしはただ叫ぶしか無かった。狭い観覧車の中なんて一切気にする余裕も無く、思いっきりシャウトした。

二股、知ってた!?

それってつまりそういう意味で……って、どういう意味!?

「わた、えと、なに言ってるか全然!?」

「ほら、だから最初に言っておいた方がいいって言ったじゃないか」

「とか言って、本当は『パニクってる四葉ちゃん可愛い』とか思ってるくせに」

「そ、それは否定しない」

しないんだ……というかデレデレだ！

デレられてるわたしが言うのはどうかと思うけど、二人ともびっくりするくらいデレデレだ!?

「どこから話せばいいのかな……由那の言うとおり、私達はもとからそういう、二股をされていることは知ってたんだ。そもそも私達が二人とも、互いに知らない内にそれぞれ四葉さんのこと好きになっちゃってたんだけど」

「そ、そなんすね……」

「そうなのよっ！　凜花にね、好きな人できたって相談したら、凜花が私もできたって言い出して！　しかもお互いに誰か言ったらどっちも四葉ちゃんで!!　まあ、その時はさすがにちょっと修羅場ったけどね」

しゅ、修羅場……!?

「でもそんな気はしてたよ。由那《ゆな》の交友関係は私もよく知っているし、絶対四葉さんだろうなって」

「わ、わたしそんな大それた存在じゃないと思うんですけど……」

「えー？　そんなに四葉ちゃんのどこが魅力的か言わせたいのー？　観覧車あと何周するつもり？」

「い、いや、そんなつもりじゃ……！　こ、今回は結構です！　いま、脳みそぐるぐるでぐちゃぐちゃなので!!」

「じゃあまたゆっくりと、だね」

凜花さんにそう囁《ささや》かれ、わたしは昇天した。

ていうか想定と現実の高低差がありすぎて、もう生きてるのか死んでるのかもわかんないよ……。

「まあ、いくらでも言えるから安心してね？　凜花と修羅場った時も、『どっちの方が四葉ちゃんを愛しているか合戦』してたら、自然と解決したくらいだし！」

「そんな恥ずかしい合戦やめて!?」

「えー定期的に開催したいのに」

「春の陣、夏の陣的なね」

「季節ごとに!?」

そんなテレビ特番みたいなノリでやらないでほしい。季節が変わるごとにどう見られているかどきどきしちゃうし。

「ていうか、わたし、正直絶縁される覚悟だったんですけど……?」

「ないないっ！　ありえないからっ！　オフィシャル二股だし！」

「むしろ気に病ませちゃって、申し訳ないよ。ごめんね、四葉さん」

「あ、いや、えと……」

ホッとしたというか、やっぱり現実味を帯びてないというか……わたしは全身から力が抜けていくのを感じた。

今日だけじゃない、彼女達《たち》と付き合って二週間、ずっと抱えてきた後ろ暗い気持ちがぼんやりと消えていく。

「分かってくれた？　あたしが四葉ちゃんのこと、二股されてもいいって思えるくらい本気で大好きってこと」

「もちろん、私もだよ。四葉さんのこと本気で愛してるんだ」

そう、思い切り両サイドから好意をぶつけられて、さらにとどめの一撃とばかりに、同時に両頰へキスされる。

わたしは頭が沸騰しそうな感覚を覚えながら、ただ固まってそれを受け入れるしかなかった。

おっとさん、おっかさん。聖域は二人そろってその破壊力を爆発させるって話、本当だったよ……（辞世の句）

「あ、そろそろてっぺんよ！　ねねっ、残り半分は難しいこと抜きにして恋人モードで楽しみましょっ！」

「そうだね。せっかく景色もキレイだし！」

もうそんな提案にもこくこく頷《うなず》くしかない。

ゆめか、うつつか。

ちょうど夕焼けが落ちきり、夜景へと変貌する外の景色を眺めながら、わたしはぼうっと二人の鼓動と熱と、色っぽい吐息を感じていた。

◇◇◇

永遠のようで、一瞬のようで。

観覧車に乗る前は、降りる頃には魔法が解けて、わたしはもう二人と一緒にいられないって思っていたのに、今も二人はわたしと一緒にいてくれている。

今までとは、また少し違う関係で——

わたし達は観覧車を降りた後、もう他のアトラクションには乗らず、エントランス前の広場に設置されたベンチに座った。

当然と言っていいのか……二人に挟まれる形で、ぴったりとくっつき合いながら。

「なんかホッとするわね……」

「うん、いっぱい乗ったもんね」

「それもそうだけど……でも、四葉《よつば》ちゃんとくっついてるからホッとするの」

由那ちゃんはそう言って、思い切り体重を預けてくる。

「ていうか、なんとなくだけど、いつもこの位置よね」

「位置?」

「あたしが右側、凛花《りんか》が左側。当然、四葉ちゃんが真ん中!」

わたしが挟まれているのはやっぱり当然だったみたいだ。

でも確かに、いつも右を見れば由那ちゃんが、左を見れば凛花さんがいるイメージがある。

「言われてみれば由那の言うとおりだな」

「ふふっ、でもさぁ？　いっつもあたしが右側にいるってことは、あたしのが凜花より上ってことよね」

「えっ？」

そうなの!?　考えたこともなかった……。

「……どうしてそうなるんだ」

「だって、右と左だったら右の方が良く言われるじゃない。右腕～みたいに。四葉ちゃん右利きだし」

「私はあえて左にいるんだ。右利きの四葉さんが不利な左側を守れるようにね」

やだ、かっこよ……。

でも、守るなんて大げさじゃあ……？

「それに、結婚指輪だって左手にはめるものだろう？」

「けっ!?」

「こん……!?」

どや顔を浮かべる凜花さんとそんな彼女を睨《にら》みつける由那ちゃん。バチバチっと緊張が走る。

そんな二人に挟まれながら、わたしは教室でのことを思い出していた。

（やっぱり、二人がわたしのことで険悪になっていたのは本当だ!!）

嬉《うれ》しいというか、恐れ多いというか……でも、わたしが二人の間に溝を作ってしまっていることは確かで。

でも、二人がいいって言ってくれたって、やっぱり二股なんて……いや、そもそもわたしなんかがお付き合いしてること自体――

「四葉ちゃんっ！」

え――と、言葉を返すより先に、温かな手のひらがわたしの頬を包み、そして、唇に柔らかで甘い感触が伝わる。

「!?」

「由那っ!?　な、なにやってるんだ!!」

突然のキスに怒ったのは凜花さんで、彼女はすぐさま由那ちゃんからわたしを取り返すみたいに抱き締めてくる。

胸に顔をうずめさせられたわたしは、その柔らかさと、あと遅れて追いついてきた由那ちゃんにキスされたという現実に意識を飛ばしかけた。

「だって、四葉ちゃんに大好きって伝えたかったんだもん」

「だからっていきなり……！」

「それに、離したくなくて」

「はなす……？」

わけもわからないままオウム返しするわたしに対し、由那ちゃんは優しく微笑《ほほえ》んで頭を撫《な》でてくる。

誰かから頭を撫でられるなんて、なんだか、すごく新鮮で、むず痒《がゆ》くて、嬉しくて――

「四葉ちゃんは、あたし達のこと心配してくれてるんだよね。あたし達が、『みんなの求めるあたし達』を忘れて喧嘩《けんか》しちゃったから。凜花も分かってるんでしょ」

「……うん。だから四葉さんは、二股のことを告白して、私達から嫌われて、離れようとしたんだよね。私達がみんなに嫌われないように」

凜花さんは泣きそうな声で言う。

わたしの浅はかな考えなんて、二人には簡単に見破られてしまっていた。

でも、聖域の尊さを求める人達にとってわたしが邪魔だということは明らかで、だから一緒にいればまた――

「違うよ、四葉さん。悪いのは私達だ」

「うん、四葉ちゃんの前だと我を忘れて欲張りたくなって」

「そんなっ！　二人は何も悪くないよ!?」

「ううん、悪いのはあたし達。だってそもそも、『聖域』なんてのを作ったのはあたし達だから」

由那ちゃんは自嘲するように溜息《ためいき》を吐《つ》いた。

聖域を作ったのは彼女達……？　確かに聖域は二人の生み出す尊い百合百合《ゆりゆり》しい空間だけど……いや、でも由那ちゃんが言っているのは、それとは違う意味に感じる。

「元々あたし達って普通に幼なじみで、それぞれ友達もいたの。で、お互い結構目立ったりもしてさ」

「うん、二人とも可愛《かわい》いもんね」

「……四葉さん」

「今そういうのやめて……にやけて話どころじゃなくなっちゃうから」

当たり前のことを言ったつもりだったのだけれど、赤面する二人を前にわたしもつい顔を熱くしてしまう。

そうか……これがノロケってやつか……。

「こほんっ。でもさ、目立つってのはいいことばっかじゃないの。男子には言い寄られるし、いやらしい視線は向けられるし、女子からは嫉妬されるし」

「それに由那も私も辟易《へきえき》してたね。だから、とった対策が『聖域』なんだ」

聖域が対策……？

「私達は元々仲良かったけれど、必要以上に仲良く振る舞うようにしたんだ。ほら、すでに仲が良いグループとかって後から入りづらいでしょ？　それを狙ってね」

「中学に入る少し前くらいからかな。ところ構わずベタベタして、二人だけの世界を作ったの。そしたらなんか、百合っていうの？　ガールズラブ的な関係に勘違いされるようになって、視線とかも見守るみたいな生温かい感じになって……いや、まさか本当に女の子にマジ恋するなんて思わなかったけど」

「ま、まじこい……」

さっき、由那《ゆな》ちゃんから不用意な発言に抗議を受けたけど、彼女だって大概だと思う。

でも彼女みたいに抗議をするには、まだ好意への耐性が足りなくて、わたしはただ小さくなるしかない。

「演技始めた頃からだよね、凜花の喋《しゃべ》り方《かた》が男の子っぽくなったの。今じゃすっかり板についちゃってぇ～」

「そういう由那はまだ昔の、おてんばっぽい口調が抜けてないでしょ」

「え～、由那ぁ、難しいことわかんなぁ～い」

「……ご覧の通り、由那にお姫様なんて無理って思ったんだけどね」

と、白けたように肩を竦《すく》める凜花さんだが、わたしは正直可愛いと思ってしまった。

両手をグーにして頬に押し当て、上目遣いで猫撫で声を出す――そんな縄文時代から受け継がれてそうな往年のぶりっ子ムーヴもめちゃくちゃサマになっている。あざといけど。

それに、なんなら凜花さんの肩を竦めた仕草も、どこかアンニュイな雰囲気がぐっときて……なんかチョロいな、わたし。

「でも、まさかファンクラブまでできるなんてね」

「そして彼ら彼女らは私達《たち》が四葉さんと仲良くなるのが気に食わなかった……。でも、なんでだろうね、四葉さん、こんなに可愛くて素敵なのに」

「ねー」

「いや、それほどでも……」

と否定しつつ、わたしは俯《うつむ》いて口元を隠す。……ニヤけているのがバレないように。

「四葉ちゃんを怖がらせるなんて、全面戦争だ！……って言いたいところだけど、大事になって四葉ちゃんが余計傷つくのも怖いし……」

「そもそも、四葉さんのことになると演技を忘れて本気になっちゃうのが原因なんだ。だからそれを気をつければなんとかなる……はず」

「できる？」

「うーん……」

二人揃《そろ》って首を傾《かし》げ、顔を顰《しか》める。

そもそも、そんなにムキになることなのだろうか。わたしなんかのことで……

「なることよ！」

「四葉さんは私達にとって四葉さんがどれだけ大きい存在なのか自覚するべきだっ！」

「ご、ごめんなさい……」

怒られた!?　まだ何も口にしてなかったのに！

「いいこと、四葉ちゃん。あたし達は二股っていう状況を認めてる。奨励していると言ってもいいわ。でも、四葉ちゃんの一番になることを諦めたわけじゃないの」

「由那は大切な幼なじみだし、幸せになってほしいけど、四葉さんだけは譲れない」

バチッと二人の視線がぶつかり合う。

けれどそれはほんの一瞬で、二人はすぐにわたしへと視線を移す。

「学校でのことは大丈夫。四葉ちゃんのことでも熱くなりすぎないように気をつけるから。凛花も、抜け駆け禁止よ？」

「もちろん。ていうかそもそも、先に四葉さんに告白するっていう最大の抜け駆けをしたのは由那だろう？」

「そ、それはつい……でも、凛花だってあたしに一言も無く告白したんだから同じでしょ！　あたしがあの日告白してなかったら凛花が抜け駆けしてたってことになるんだからね!?」

またしても一触即発な雰囲気に……!?

学校でのことは大丈夫と言われたけれど、本当に大丈夫なんだろうかと、疑いたくなるくらい好戦的だ。

「でもさ、私が四葉さんに告白したときには、四葉さんは既に由那の告白を受け入れていたわけだよね。四葉さんの性格的に二股なんて進んでやろうとしないだろうし、それでも私の告白を受け入れてくれたっていうのは……なんというか、それだけ私のこと好きでいてくれたって証拠だよね？」

「そ、そんなのあくまで順番の問題よっ！　仮にあたしが後から告白してたって四葉《よつば》ちゃんは受け入れてくれてたはずよ……ねっ！」

「え、う、うん」

「ほーらー！」

咄嗟《とっさ》に頷《うなず》くわたしを見て、ドヤ顔を浮かべる由那ちゃん。凜花《りんか》さんは少し悔しそうに唇を噛《か》む。

「それにぃ？　そんなこと言ったら、あたしは四葉ちゃんのファーストキスをいただいたわけでぇ」

「え？」

「ぐ……！　そ、それこそ順番の問題で……！」

「けれど初めてがあたしってことは揺るがない真実よ！　あたしと四葉ちゃんはお互いに初めてを交換し合ったの！　ふふふんっ♪」

「うぐぅ……!!」

さらにさらに、凜花さんを煽《あお》るようにドヤ顔を濃くしつつ、思い切り胸を張る由那ちゃん。

そして露骨に悔しがる凜花さん。

でも――

「あの、由那ちゃん」

「なぁに？　キスしたい？　しよっか！　んーっ！」

「い、いやそういうわけじゃ……！　いや、とも言い切れないけど……いやっ！　そういう話じゃなくて！

「二股の時みたいに嘘《うそ》吐くとつらいから言うんだけど……わたし、あれがファーストキスじゃなかったというか……」

「……はぇ？」

「由那より前に誰かとしてたってこと!?」

「誰かというか……そのぉ……」

呆気《あつけ》にとられる凜花さんと、さあっと顔を青くする由那ちゃん。そのくりくりとした大きな目にはじんわり涙が浮かんでいて。

（な、なんかすごく深刻な感じになっちゃってる……!?）

嘘を吐かないためとはいえ、結果的に傷つけてしまった気がする！

で、でも、ファーストキスなんていっても相手は――家族、妹だ。

小さい頃の話だし、子ども同士の遊びの延長みたいな感じで……もしかしたら、ノーカン案件かもしれない……！

「その、由那ちゃん――」

「い、いやっ！　やっぱり聞きたくないっ！」

誤解？　を解こうと口を開いた瞬間、手のひらで塞がれてしまう。

「ゆ、由那……」

「いいもんっ！　凜花より先だったってだけでいいもん！　今の四葉ちゃんの彼女はあたしだもん！」

「私もだけどね」

「そう！　あたしと凜花が今の彼女！　それが全て！　過去のことなんか今は昔だもん！」

と言いながらも、そんなに大きなダメージだったのか、由那ちゃんは泣き出してしまい、わたしも凜花さんもそれを必死に宥《なだ》めつつ、なし崩し的に帰路につくこととなった。

こうして、わたしの『聖域仲直り大作戦ｉｎ遊園地』は成功か失敗か不確かなまま終わりを迎えた。

小金崎《こがねざき》さんになんて報告しよう……経緯も何もかも話せないよね、これ……。

でも今日、わたし達は確実に一歩前に進んだ。

公認となった二股関係は、正直本当にこのままでいいのかわからないけれど、でももう少し、しばらくはこの関係でいられると思うと嬉《うれ》しくなる自分がいる。

(ああ、やっぱりわたし、由那ちゃんのことも、凜花さんのことも、どっちが一番か決められないいくらい大好きなんだなぁ……)

もしもまた、二人が聖域としての振る舞いができずに、小金崎さんから対応を求められたとしても、今度はもう二人から嫌われて別れるなんて案は選べない。

——なんとしても三人一緒にいられる未来を。

そのためなら、二人のためならなんだって頑張れる気がする。

(それぐらい、『頑張る』もいいよね)

わたしは相変わらずだめだめで、勉強も運動もからっきしだけれど、特別で素敵な女の子達と恋をしてしまったから……、もう空気を読んでなんかいられない。

それを成長って言えるのかは分からないけれど、でも……前よりも少しだけ、自分のことを好きになれた気がした。

エピローグ

「百合の間に挟まれたわたしが、勢いで二股してしまった結果」

月曜日。

任せると言っておきながら、「どうなったの？」と何度も催促してくる小金崎さんの鬼メールを鋼の意思で無視しつつ、わたしは学校へと向かった。

いや、だって、上手《うま》くいったとも失敗したとも言い難いのだ。

二人へ今起きている問題については伝えられた。けれど、二人のケンカの原因であるわたしは未《いま》だ彼女の座に収まったままだ。

つまり、状況自体は何一つ変わっていないのである……！

そして小金崎さんも曖昧な返答じゃ納得しないだろうし……と、そんな状況下でわたしが選んだ選択がこの無視だ。

うん、分かってる。どう考えても墓穴を掘ってるって。

でも一旦無視しちゃったら反応するにもそれなりのきっかけが必要な感じになっちゃって……昨日、日曜日中ずっと無視し続けたわたしが今更反応なんてできるはずがないのだ！

普段滅多に使わないメールアプリの受信フォルダに、メールがずんずん溜《た》まっていく……ガラケー使い恐るべし、である……。

そんなわけで、聖域がちゃんと修復されているか、という懸念に加え、小金崎さんと遭遇しないように祈るという追加ミッションを得たわたしはびくびくしつつ教室へとやってきた。

（さすがにここまで来れば小金崎さんは大丈夫。彼女だって表だってわたしと仲良くしようとは思わないだろうし……）

向こうは聖域ファンクラブ副会長。そしてこちらは聖域を土足で踏み荒らす不届き者――決して相容《あいい》れない存在なのだ。

まぁ、静観《しずみ》さんという爆弾が投入されないとも限らないけど。

今日は二人とはバラバラに学校に来たけれど、二人もそうだったらしい。

（由那《ゆな》ちゃんと凜花さんは……特に動きがない……？）

由那ちゃんと凜花さんはそれぞれ分かれて教室に入ってきて、今も片やスマホをいじり、片やスマホをいじりと現代人らしいソロ活に励んでいる。

でも、そんな彼女達を遠巻きに囲む周囲の人達――すなわち聖域ファンの皆さんは、二人の仲違《なかたが》いが深刻化したのではないかと、少しぴりぴりした雰囲気を放っていた。

『どういうこと？』

ぎゃっ！　またもや小金崎さんからメッセージが!?

それも、「どうなったの？」から、「どういうこと？」とフェーズが一個上がっている！

おそらくファンの誰かから小金崎さんにもタレコミが入ったんだろう。

うう、さすが誰もがＳＮＳとかで自由に情報発信できる時代……おかげで小金崎さんと遭遇できない度が跳ね上がってしまった。

なんて、内心半べそを掻《か》きつつびくびく震えていたわたしだったが、突然状況が一変することとなる。

それはその日の四時間目——数学の授業中に起こった。

◇◇◇

「それじゃあこの問題を解ける人……」

先生が黒板に計算問題を書き並べ、わたし達《たち》生徒に問いかける。

ふむふむ、なるほど。さっぱり分からない。なんかよく分からないけれど、わたしには分からないレベルの数式が黒板には並んでいた。

まぁ、わたしには関係の無い話だ。先生も今更わたしを当てようなんて無謀は冒さないだろうし……なんて、悲しい達観に浸っていたわたしだったが——

「はーいっ！」

そんな、不意に教室内に響き渡った元気いっぱいな声に、思わず肩を跳ねさせた。

「百瀬《ももせ》さん？」

先生さえも疑問形になっている。

それもその筈《はず》……彼女、由那ちゃんはとんでもなく勉強ができるインテリガールだけれど、自ら進んで問題を解こうと手を上げることはこれまで殆《ほとん》どなかった。

でも、先生から指されればすらすらと正解を答えるという、受け身特化型の待ちガールなのだ！

そんな彼女がご機嫌に自ら手を上げた――そんなイレギュラーな状況に、教室内も若干ざわつく。

けれど由那ちゃんはそんなの聞こえないみたいに、スタスタと黒板前まで歩いて――

「んー……」

なぜか腕組みして固まった。

そして、なぜか凜花さんを呼んだ……？

「凜花ー！」

「……まったく、仕方ないな」

そしてそして、そんな呼びかけに応え、凜花さんが席を立つ。

なんだ？　何が起きようとしているんです!?

予想外に発生した聖域の絡みに、教室中が呆気にとられる。当然だ、同じクラスになって聖域の魅力に脳みそを溶かされていない人間なんかいないのだ！

「凜花《りんか》、だっこ」

だっ……!?

誰もが衝撃を受けた瞬間だった。

そして、耳を疑った。今、彼女はなんて？

いやいや、そんなＳＮＳに投稿されてるマンガみたいな展開あるわけ——

と、わたし達が混乱し、理解が追いつくより前に、

「よいしょ」

なんて、凜花さんが由那ちゃんを後ろからハグして、そのまま持ち上げていた。

「「「「〜〜〜〜〜ッ!?」」」」

教室内に、言葉にならない悲鳴が木霊する！

突然のスキンシップ！　王子様がお姫様を持ち上げる出血大サービスっ！　しかも授業中という本来そんな絡みが発生しないはずの時間にッ!!

「よいしょ、なんてあたしが重いみたいな声出して……」

「ははっ、由那は重くなんかないよ。いつまでだって抱っこできるくらいさ」

「だったら、ずっとこうしててもらおっかな。楽ちんだし♪」

　ぎゃー!?

　さらにさらにさらに、人目も憚《はばか》らずイチャコラしなさるバカップルみたいな会話を交わす二人！

　その神々しさといったらもう、拝みたくなるくらい尊くて……あ、先生拝んでる。あの人も聖域に脳をやられたメイトだったのか……。

　なんて、先生も生徒もみんな仲良く脳みそを溶かされる中、由那ちゃんは凜花さんに抱っこされて、しかもちょいちょいイチャイチャしつつ、黒板にすらすらと解答となる計算式を書いていた。

　でもぶっちゃけもう解答なんてどうでもいい。もう、今目の前で展開されている奇蹟《きせき》を拝みながらわたしは——いや、わたし達は思った。

　——正解ッ！！！！

　ああ、これが聖域……聖域フォーエバー……。

　感涙さえしそうになる感情の渦の中で、わたしは改めて彼女らの力を思い知らされるのだった………………。

◇◇◇

「あんなの演技よ、演技」

昼休み、屋上でぐでーっと脱力するように胡座《あぐら》をかきながら、由那ちゃんはそう吐き捨てた。

四時間目で見せた尊さはどこへ行ってしまったのか、そこには一仕事終えすっかりオフに切り替えた職人の姿があった。

「はぁ……本当にあんなので良かったのかな」

そんな由那ちゃんに対し、凜花さんはフェンスに背中を預けつつ、不安そうに小首を傾《かし》げていた。

授業終了直後、「三人だけになりたい」とメッセージを受け、わざわざ屋上へとやってきた途端、二人は聖域からいつもの二人に戻っていた。

「ええと、つまりどういう……」

「みんなが喜ぶ『聖域のあたし達』を演じてみたの。ちょーっと誇張しつつね」

「ほら、四葉《よつば》さんのせいで私達の仲が悪くなってるって思われてたんでしょ？　だから仲の良い姿を見せればそんな疑惑も晴れると思ってね」

「あれが、本当に演技……？」

「そりゃあそうよ。昨日の内にちゃんと凜花と綿密に打ち合わせしたんだから。やるなら四時間目の数学の時間がいいんじゃないか、とかね。ほら、あの先生、多分あたし達のこと好きだし」

「す、好きとか分かるんだ」

「もう何年もこうやってるからね。四葉さんを意識しすぎなければどんな反応されてるかだってある程度は……まぁ、あそこまで露骨にやったのは初めてだけど」

どうやら二人がこれでもかというくらいにぐでーっとしているのは、慣れないことをやったからみたいだ。

そっかぁ……演技かぁ……。

「でも、由那らしい作戦だったな。全部きっちり理由付けてさ」

「なによ、完璧だったでしょ？　あたし背が低いから、高いところの問題に答えようとすると制服にチョークがついちゃう。だから凜花に抱き上げられる合理的理由が生まれるわけで」

「あっ、なるほど！　そういうことだったんだぁ!!」

「え？」

「全然気が付かなかった！　そっかぁ、だからあの時凜花さんを呼んで、凜花さんは由那ちゃんを抱っこしたんだね！」

「ちょ、ちょっと待って」

由那ちゃんは頭痛を我慢するみたいに頭に手を当てつつ、止めてくる。

「四葉ちゃん？　もしかして今の今まで、あたしが意味なく、突然、発作的に凜花を呼んだって思ってた？」

「まぁ……うんっ」

「じゃあ私が由那を抱き上げた時もそういう理由があったからって分かってたわけじゃなくて——」

「愛だなぁ、と」

「愛っ!?」

「由那ちゃんがなんらかーの理由で凜花さんを頼って、凜花さんはそれにすぐさま応える！　そんな愛の形……いや、完成形を見せつけられたと言いますか」

「何が完成形!?」

「思いっきりハリボテだっ!!」

二人は息ぴったりにそう抗議の声を上げる。

心なしか涙目に見えるくらい必死で、わたしもつい気圧《けお》されてしまう。

けれど、だからこそ、二人の演技も見破れないわたしにも「これは絶対本気だ」って確信できるくらい真剣に伝わってくる。

二人が、わたしに向けてくれている気持ちに演技なんかこれっぽっちもなくて、本気で、本物で……だから――

「わっ!?」「むぐっ!?」

わたしは、今にも何かを叫ぼうとしていた二人に手を伸ばし、口を閉じさせる。

そして、思いっきりの笑顔と一緒に、はっきりくっきりしっかり、口にする。

「わたしも、二人のこと……大好きだよっ」

一切嘘《うそ》のない、心からの想《おも》いを。

「う……」

「あ……」

そして二人は、びっくりするくらい、耳まで真っ赤にして固まってしまう。

この間はずっとドキドキさせられっぱなしだったわけだし……これは、わたしなりのちょっとした復讐《ふくしゅう》である。

「えへへ……ちゃんとわたしから言いたくて。二人に、大好きって」

「ず、ずるいし……」

「これぱっかりは同感だ……四葉さんはずるい」

二人はじんわり涙を浮かべつつ、拗《す》ねるようにじとっと半目を向けてくる。

でも、わたしにはそれが照れ隠しだってすぐに分かった。

なんたって、今目の前にいる二人は『聖域』ではなく、わたしの大好きな恋人なんだから。

「そ、そういえばさ」

そんな、ちょっと恥ずかしいやりとりを経て、とりあえずお弁当でも食べよっかかって流れになって——それでもなお、もじもじと続いていた沈黙に耐えきれなくなったわたしは、なにかしら話を切り出そうと声を上げた。

二人がわたしを見て、でもすぐに恥ずかしそうに目を逸《そ》らしてしまう。

そんなにわたしからの告白が効いたのか……でも、そんな反応されるとわたしもなんか気まずくなっちゃうっていうか……そ、そうだ話題！

思いつきで口を開いたから、ちゃんと話題が固まってなかった。でも、ここでまた沈黙してしまえば、きっともうこの昼休みはこんな感じで終わってしまう。

なにか話題。なにか話題。

なにか、話題…………

「二人ってさ、どうしてわたしのこと好きになってくれたの？」

「ぶっ!?」

「んぐっ!?」

「はっ!?」

口に含んでいたお茶を吹き出す由那《ゆな》ちゃん。

ちょうど飲み込んだごはんを喉に詰まらせる凜花さん。

そして、自分が口にした質問の大きさに自分でびっくりするわたし。

一瞬で屋上はカオスに包まれた。

「今このタイミングでそんなこと聞く!?」

「げほ……四葉さんの心臓、どんだけ強いんだ……!?」

「もっともですが、わたし自身もびっくりしてます!!」

なぜそんな質問を口にしたのか、今となってみればほんの数秒前の自分自身しか分からないだろう。

でも、確かに気にはなっていた。どうして、こんなキラキラして完璧で、どんなイケメンもどんな美少女も手に入れられるであろう二人が、わたしみたいな普通以下の女の子を好きになってくれたのか。

だから――

「……もし、差し支えなければ」

「つ、続けるんだ……!?」

「ま、まぁ、このままうやむやにしても、なんか気まずいし……？」

二人は笑顔を引きつらせつつ、顔を見合わせる。

そんな二人を見つつ、わたしはつい正座し、ごくりと唾を飲み込み、待機する。

「実はね、この話、凜花《りんか》とはしたことがあって」

「え、そうなの？」

「うん。予期せず互いに四葉さんに恋したってことを報告し合ったときにさ」

「なんだ、じゃあそんなに恥ずかしがること――」

「「あるからっ!!」」

「ご、ごめんなさい……」

「……でも、そういうところかなー」

由那ちゃんは怒り顔を苦笑に変えて、呆《あき》れるみたいに溜息《ためいき》を吐《つ》いた。そして凜花さんも、彼女に同意するみたいにこくこく頷《うなず》いている。

え、なに？　どういうところ？

「四葉さん、結構空気読めないときあるよね」

「えっ!?」

空気、読む。それは確かにわたしに欠如している能力なのだろう。

ああ、中学のトラウマが蘇《よみがえ》る……蘇る……。

「でもさ、私達《たち》は四葉さんのそういうところに救われたんだ」

「え」

「ほら、話したでしょ。あたし達、ずっと演じて過ごしてきたの。凜花とあたし――友達以上に親しい二人だけの世界で。もちろん、凜花のことは好きよ？　友達的な意味でだけど」

「私も好きだよ、由那。当然、幼なじみ的な意味で」

二人はそう、綺麗《きれい》な顔で微笑《ほほえ》み合う。それが長年の経験によって染みついたもので、友達・幼なじみと前置きを打たれたものだと分かっていても、つい言葉を失って見とれてしまうほどキレイだった。

まったく、ズルいのはどっちだ。

「四葉ちゃんはそんなあたし達二人の世界に、土足でずかずか乗り込んできたのよね」

「えっ!?　引き込んだのは由那ちゃん達のほうじゃ……」

「先にハンカチ拾って声をかけてきてくれたの、四葉さんだよ」

「それは……そうですけど」

最初のきっかけはわたしでも、それは本当に最初だけ。そこからわたしの腕を摑《つか》んだのは二人の方なのに。

……いや、もし空気が読める人なら、そこでなりふり構わず逃げ出してたんだろうか。

彼女らだって意識的に二人の世界を作ってたとしても、どうしたって他の誰かと接する機会はあったと思うけれど、それでも他に親しい友達がいないのは……。

二人には「仲が良い」という評価はあっても、「感じ悪い」みたいな悪評は無い。

彼女らが他人を露骨に遠ざけてるわけじゃなく、周りが意識的に二人から離れているんだ。

決して二人の世界を穢《けが》してしまわないように。

「正直言うとね、四葉《よつば》ちゃんもすぐに離れてくと思ってたんだ。でも、別にそれでいいかなって。高校でも面倒なトラブルは避けたかったし、だったら今までどおり、凜花とだけ一緒にいた方が楽だろうし……って」

「でも、四葉さんは私達を避けたりはしなかった。朝、顔を合わせれば挨拶してくれて、一緒にお昼ご飯食べてくれて、大して意味のないちょっとした馬鹿話にも付き合ってくれて」

「そ、そんなの、別に普通じゃないかな……」

わたしは二人のこと、友達だと思っていたし、凜花さんが言ったことだって特別なことは何も無くて……まぁ、一々緊張したりはしていたけど。

「その普通が、あたし達にとっては普通じゃなかったのよ。自分達で遠ざけてたのに、いざ触れてみたらなんかすごく新鮮で、でも、どんどん当たり前になっていって、そして……いつの間にか四葉ちゃんがいなくちゃダメになってたの」

「だ、だめって……!?」

「四葉さんって不思議だよね。いつの間にかそばにいてくれて、嬉《うれ》しいときは一緒に笑ってくれて、つらいときは優しく背中を擦《さす》ってくれて……でもしっかり者かと思いきや、結構おっちょこちょいだし、泣き虫だし、勉強も運動もだめだめだし」

「うぐ……っ!! なんか、マイナスでっかくない!?」

「そんなことないよ。だめなところも愛《いと》おしいから」

「あれよね、『バカな子ほど可愛《かわい》い!』ってやつ?」

「褒められてない!」

「放っておけないっていうかさ。なんか、目を離した隙にへんなことになっちゃってそうで、つい気にしちゃって……気が付けば四葉ちゃんのことを考えない日がなくなって」

「気が付けば、好きで仕方なくなってるんだ」

由那ちゃんと凜花さんはそう、顔を見合わせ微笑み合う。

なんか、こそばゆい。どういう顔をするのが正解なのか……そう考えながら、考えるより先に顔は勝手ににやけてしまう。

「この天然人たらし〜」

由那ちゃんがつんつんっと頬をつついてくる。

「すっかりたらし込まれた私達もチョロすぎかもだけどね」

凛花さんも、ぐってり甘えるみたいによりかかってきた。

一昨日の観覧車の時みたいに二人にぎゅっと挟まれ、でも、ここは学校で……なんか、いけないことをしているみたいで、すっごくどきどきしてしまう。

よくよく考えたら、わたしは二股が公認になって、肩の荷が下りた気分というか、二人に対する後ろめたさから解放されたけれど、でも、それは同時に二人からしても隠し事がなくなったわけで——

もしかしたら、それって二人にとってもブレーキが外れたってことなんじゃ……？

（もつかな……わたしの心臓とか……身体《からだ》、とか）

由那ちゃん、凛花さんと友達になって、一年と少し。

わたしはその魅力に慣れるどころか、新しい一面を発見しては圧倒され、ずぶずぶ沼にはまっていっている。

ずるいのはそっちだ。わたしは大人しく、欲張らないように生きていこうと思っていたのに、二人から向けられる好意が嬉しくて、もっと好きになってほしい、もっと好きになりたいって気持ちが無限に湧いてくる。

「だから、四葉ちゃん。気ぃ抜かないでよ？」

「えっ？」

「私達、四葉さんにもっと好きになってもらえるためならなんだってやるから」

「な、なんだって……」

「そ。なんだって」

二人が楽しそうに笑う。

もうこの時点でものすごくドキドキさせられてるんですけど……!?

「そのためには、目下のところ夏休みよね！　ガチガチにスケジュール決めて、一分一秒だって無駄にはしないんだから！」

「海にプール、キャンプなんてのもいいね。あと花火大会とか盆踊りとかも。四葉さんの浴衣姿見たいし」

「去年は一緒に行けなかったもんねー。そうだっ！　せっかく海とかプールに行くなら、水着から一緒に買いに行きましょっ！」

「そのアイディア最高！」

……なんて、二人は二人で盛り上がってしまって、わたしは全然口を挟むことができない。

ただ、置いてかれているとか、退屈とか、そんなことは全然なくて――

（海、プール、お祭り……去年は予定が合わなかったのと、あと、わたしが二人に気後れしちゃったから……）

二人と一緒に過ごす夏休み。

去年はおっかなびっくりだったけど、今ではそれを想像するだけでわくわくしてくる。

「それに学校じゃなければ、四葉ちゃんとも人目を気にせずいちゃいちゃし放題じゃん？」

「お泊まりだったらずっと一緒にいられるしね」

「い、いちゃいちゃ……お泊まり……!?　それはちょっと早いんじゃ!?」

そのおっかなびっくりな響きに、わたしは思わず叫んでしまう。

さすがにそこまで一気に行っちゃうのは心の準備が……!?

「えー？　何がどう早いのぉ？」

そんなわたしの言葉にがっつり食らいつく由那ちゃん。

「お泊まりなんて由那ともよくやってるし、いちゃいちゃは今もしてるし、何がどう早いんだろう？」

そして不思議そうに首を傾《かし》げる凜花さん。

二人とも、まるで自分は気付いていないみたいな態度を取っているのに、その口の端はぷるぷる震えていて……明らかにわたしをからかってる!!

「思い当たらないな、由那？」

「うん。思い当たらないねー凜花」

わたしが何を考えたか……思わずどんな妄想を描いてしまったか、どうしてもわたしの口から言わせたいらしい。

もしかしてさっきわたしが不意打ちしたからその仕返し……？

う、ううん、まさか。そんなことあるわけないよね。

だってそんな示し合わせる時間なんかまったく無かった――はっ!?

「「ふふっ」」

同時に、まったく同じ挑戦的な顔を浮かべる二人を見て思い出す。

そうだ、彼女らは『聖域』！

わたしなんかよりずっと一緒にいて、互いを理解していて、息ぴったりな最強コンビなのだっ！

それこそ、予《あらかじ》め示し合わせる必要なんかない程度には意志疎通ができていて、そんな二人にわたしごときが敵《かな》うはずもなく――

「あ、あぅ……その……つい、えっちな想像をしちゃったと言いますか……」

「えー、四葉ちゃん。そんなことしたいの？」

「まあ、私達的にはいつでも厭《いと》わず、グイッと体を寄せてくる。

二人は暑いのも厭わず、グイッと体を寄せてくる。

太陽の日差しを受けつつ、汗と元々のものが入り混じった二人の香りに包まれ、くらくらしてしまう……！

「大丈夫よ。あたし、ちゃーんと勉強して、四葉ちゃんのこと精一杯リードするから」

「私はむしろ四葉さんにリードしてほしいかも。めちゃくちゃにされたいっていうか」

由那《ゆな》ちゃんが獲物を捉えた肉食獣みたいに目を光らせ、凜花《りんか》さんが無防備な小動物みたいににへらっと表情を崩す。

世間のイメージ的には逆だろうけど……彼女達らしいっちゃらしい。

「って、やっぱりそういう展開に!?」

「ふふふっ、楽しみね、四葉ちゃんっ！」

「最高の夏にしよう、四葉さんっ！」

そんな二人の最高な笑顔を前に、思う。


ひとつ。わたしは絶対に二人にかなわないってこと。

ふたつ。この夏は想像よりもずっとすごいことになりそうだってこと。

そして、みっつ。わたしはやっぱり由那ちゃんも凜花さんも、とんでもなく好きだってこと。


心臓はばくばくはねて、顔は燃え上がりそうなくらいに熱くて——とろけそうな感覚に、このまま溺れてしまいたくなる。

そうして改めて、この『公認二股』というわたし達《たち》三人の関係からは、きっともう抜け出すことはできないと自覚しつつ、わたしは二人の手をぎゅっと握りしめた。

「百合の間に挟まれたわたしが、勢いで二股してしまった話」了

あとがき

はじめまして、作者のとしぞうです。

この度は、本作『百合《ゆり》の間に挟まれたわたしが、勢いで二股してしまった話』（略称：ゆりたま）をご購入いただき誠にありがとうございます。

本作はタイトルにある通り、百合――即《すなわ》ちガールズラブコメを描いた作品でございます。

実は私、百合作品に触れだしたのはここ数年のことでして、殆《ほとん》ど執筆歴と同じくらいだと思います。

自分にとって『百合』に対する理解はまだまだ幼いものです。

しかし、そんな私が「小説家になろう」に投稿した短編を見つけていただき、一冊の本にする機会をいただけたのは本当にありがたいことでしたし、私自身、この『ゆりたま』を書く中で執筆に初めて触れたときのような「楽しい」という感情を覚えました。

その「楽しい」が、読者の皆様にも作品の面白さとして伝わっていれば幸いです。

そしてタイトルにあるとおり、本作は『二股』しちゃうお話です。

こんなテーマですが、私的にはこの作品を出版できるとなった際、『せっかくなら底抜けに明るいハッピーエンド』にしたいな、と思っていました。

そんなコンセプトは『間四葉《はざまよつば》』という人物の性格や行動にも出ているかもしれません。悩んでいても、すぐにその悩みをぽーんとどこかにやって楽しくなっちゃって、また悩んで……。自由でもあり、弱くもある、そんな彼女ですが、この作品のカラーを体現する主人公になってくれましたし、望んだ結末になってくれたかな、と思います。

あわよくばそんな彼女の未来も見たいっていうか……ね！　オーバーラップ文庫さん！

そんな欲望もありつつですが、改めて本作に関わってくださった皆々様に感謝を述べさせてください。

装画をご担当いただきました椎名くろ様。どのキャラも生き生きしていて、作者ながらにまにましつつ、イラストが上がるのを楽しみにさせていただいておりました。

また、担当編集者様。百合に造詣が深いということで、プロット、初稿、イラストにまつわるあれこれまで、非常に頼りにさせていただきました。

そしてオーバーラップ文庫編集部の皆々様。本作を書籍化するご判断、ありがとうございます。もっと軽率に出しちゃっていいと思います、百合作品。また書かせてください。

さらにはお忙しい中推薦文を寄稿いただきました、みかみてれん先生。百合ラノベ界のトップランナーに推薦いただけたことは自信にも繋《つな》がりました。

そしてなにより、本作をご購入いただきました読者の皆様。百合ラノベ的に実績のない私の作品を手に取っていただき、本当にありがとうございます。この作品が皆様にとって良いものであれば嬉《うれ》しく思います。

最後に宣伝ではございますが、現在私の著書としてまして、ファミ通文庫様より「友人に５００円貸したら借金のカタに妹をよこしてきたのだけれど、俺は一体どうすればいいんだろう」という作品が発売してございます。

読んで字の如くなあらすじで、本作とは異なるヘテロラブコメではございますが、こちらも面白い作品となっておりますので、ご興味あればぜひ手に取ってみてください。コミカライズもございます。

二股を公認させたり、５００円の借金のカタで妹を差し出したり、この作者の倫理観どうなってんだ……（客観視）。

というわけで、長くなってしまいましたが、いよいよ締めさせていただきます。

改めて『百合の間に挟まれたわたしが、勢いで二股してしまった話』にお付き合いくださりありがとうございました。

またいつか、お会いできることを願っています。

OVERLAP

百合の間に挟まれたわたしが、勢いで二股してしまった話

発　行　2021年11月25日　初版第一刷発行

著　者　としぞう
発行者　永田勝治
発行所　株式会社オーバーラップ
〒141-0031　東京都品川区西五反田 8-1-5
校正・DTP　株式会社鷗来堂
印刷・製本　大日本印刷株式会社

Printed in Japan ISBN 978-4-8240-0042-2 C0193

オーバーラップ文庫
ネトゲの嫁が人気アイドルだった
My wife in the web game is a popular idol.
~クール系の彼女は現実でも嫁のつもりでいる~
「私たちは恋人じゃないわ。――夫婦よ」
「えっ?」
同級生のアイドルはネトゲの嫁だった!?
悶絶必至の青春ラブコメ!
ごく平凡な男子高校生の俺・綾小路和斗には嫁がいる――ただしネトゲの。今日もそんなネトゲの嫁とゲームをしていたら、『私、水樹凜香』ひょんなことから彼女が、憧れだった人気アイドルだと発覚し!?　クールでちょっと愛が重い『嫁』と過ごす青春ラブコメ!
著 あボーン　イラスト 館田ダン
シリーズ好評発売中!!

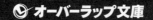